전장의
저격수

전장의 저격수 1

요람 장편소설

초판 1쇄 찍은 날 § 2017년 12월 20일
초판 1쇄 펴낸 날 § 2017년 12월 27일

지은이 § 요람
펴낸이 § 서경석

총괄팀장 § 최하나
편집책임 § 이지연
디자인 § 신현아

펴낸곳 § 도서출판 청어람
등록번호 § 제387-1999-000006호.
등록일자 § 1999. 5. 31
어람번호 § 제1-2817호

주소 § 경기도 부천시 원미구 부일로 483번길 40 서경B/D 3F (우) 14640
전화 § 032-656-4452 팩스 § 032-656-4453
http://www.chungeoram.com
E-mail § chungeorambook@daum.net

ⓒ 요람, 2017

ISBN 979-11-04-91581-9 04810
ISBN 979-11-04-91580-2 (세트)

FUSION FANTASTIC STORY

요람 장편소설

전장의 저격수

1

도서출판 청람

전장의
저격수

Contents

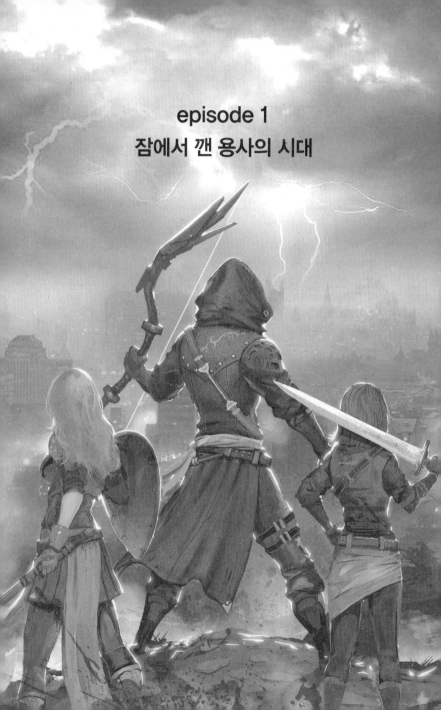

episode 1
잠에서 깬 용사의 시대

껄껄껄껄: 석영아, 장비 안 지르냐?

껄껄껄껄: 막내야, 막판 시원하게 질러봐라.

아잉오빠: 오빠, 달려! 오호홋!

깔깔깔깔: 야야, 어차피 오늘 지남 다 끝인데 뭐가 아깝다고 남기냐? 누나 봐라. 누나 지금 맨몸이다, 맨몸. 후후후!

아잉오빠: 누나, 다 질렀어요?

깔깔깔깔: ○○ 하나도 남김없이 싹!

아잉오빠: 아무것도 안 뜨고?

껄껄껄껄: 아잉아, 뜨면 뭐 하나? 이제 써먹지도 못하고 팔리

지도 않는데.

　아잉오빠: 그래도 뜨면 저승길 기분은 좋지 않겠어요?

　껄껄껄껄: 아, 그건 그렇다. 킬킬!

　열화와 같은 러시 종용 메시지에 석영은 피식 웃었다.

　대충 만든 아이디가 분명한 란저씨 삼남매와 혈맹, '란저씨와 란줌마'의 마스코트 아잉오빠의 채팅이 그냥 실소를 유발했다. 이어서 커다란 모니터의 화면에 라니아의 마지막 공지가 떠 있다.

　GM라니아: 그동안 라니아를 사랑해 주신 유저 여러분, 감사합니다. 다음 생이 있다면 꼭 라니아에서 다시 만나기를 염원합니다.

　큼지막한 공지 밑으로 혈맹원들의 채팅이 쭉쭉 올라오고 있다.

　공지에서 알 수 있듯 오늘이 인류의 마지막 날이다. 일 년 전 갑자기 관측된 거대 운석우(隕石雨, Meteorite Shower)는 전 세계를 패닉으로 몰아넣었다. 이러쿵저러쿵 설명할 것 없이 그냥 말 그대로 패닉이었다.

　세계 각국의 전문가, 혹은 기관에서 이 운석우에 대해 발

표하기를 총 100개의 운석이 대기권을 돌파하면서 소멸하지 않을 것이라고 했다. 그럼으로써 인류는 끝장날 것이라고 했다.

과학에 대해 잘 모르는 석영도 그럴 것이라 생각했다. 인터넷에 떠도는 사진만 봐도 저 정도면 그냥 지구는 끝장나겠구나, 하는 생각이 절로 들었기 때문이다.

하지만 석영은 그 사실에 대해 별다른 괴로움은 없었다.

사회 부적응자.

혹은 아웃사이더.

석영을 설명하기 딱 알맞은 단어이다. 대학을 졸업하고 사회로 나간 석영은 딱 일 년 만에 회사를 때려치우고 선친이 살던 충주로 들어왔다. 그런 결정을 내릴 때도 말려주는 사람은 아무도 없었다.

친구, 동료, 연인, 이 아리따운 단어로 표현할 인간들이 없었기 때문이다. 시골로 들어온 석영은 오직 게임만 했다. 우습게도 그 아리따운 단어를 가진 인간들이 그나마 게임 속에는 있었다.

라니아(RANIA).

라니아 소프트에서 10여 년 전 발표한 온라인 RPG게임. 전 세계적으로 선풍적인 인기를 끌던 게임이다. 그러다 오 년 전부터 주춤하더니 이제는 국내에서만 먹여주는, 완연한 하락세이지만 별 상관은 없었다.

어차피 오늘, 앞으로 삼십 분 뒤면 거대 운석우가 지구를 강타한다.

근데 사실 운석우도 아니다. 크기가 너무 커서 차라리 소행성 군집이라고 하는 게 더 맞는 말일 것이다.

다만 처음에 운석우라고 해서 그냥 다들 운석우라 할 뿐이다.

어쨌든 이런 상황이다. 각기 사람마다 인류의 마지막을 대비하는 방법은 아주 여러 가지가 있을 것이다. 살인, 방화, 폭력과 강간, 그 반대로 선행이나 가족, 혹은 연인과의 오붓한 시간 등등.

제각기 마지막을 대비하고 있었고, 석영의 경우는 마지막까지도 게임이었다.

란저씨 대열에 당당히 합류한 석영이다. 인생은 개털이었지만 게임 속에서는 가히 지존급 유저가 바로 석영이었다. 그러니 인생의 마지막을 게임과 함께 맞이하는 것도 어쩌면 당연한 일이었다.

석영은 키보드에 손을 올렸다.

정석영: 이제 슬슬 지르려고요.

메시지를 입력하기 무섭게 바로 채팅창에 석영과 같이 마지막을 게임으로 마무리하려는 이들이 나타났다. 이들이 바로 라니아의 진성 란저씨와 란줌마들이다.

아잉오빠: 오! 드디어 타천 활 지름을 보나요?

마님사랑: 미쳤다, 미쳤어. 타천 활을 지르는 놈을 볼 줄이야.

나삼선녀: 마지막이 아니면 꿈도 못 꿀 구경이네요.

다뎀뵤: 형, 기왕이면 빛나는으로 질러봐요 ㅋㅋㅋㅋ 혹시 알아요, 3에서 6까지 갈지?

정석영: 안 그래도 준비해 놨다. 것도 세 번 중첩한 놈으로.

아잉오빠: 대박! 삼중첩 빛나는?

정석영: 응.

낄낄낄낄: 와, 삼중첩이면 못해도 중고차값인데 그걸 어떻게 구했냐?

정석영: 빛나는 백 장 질러서 한 장 나왔어요.

아잉오빠: 대박! ㅋㅋㅋㅋ 역시 오빠는 진짜 강화의 신이야, 신! 갓강신!

피식. 갓강신은 또 뭐야?

석영은 이것도 나쁘지 않다고 생각했다. 틀어놓은 인터넷 뉴스에서 슬슬 대기권에 진입하는 소행성 무리를 잡기 시작했다.

들기로는 유럽부터 일차 타격하고 쭈욱 러시아, 아시아권, 중동, 그다음 아메리카, 아프리카를 직격한다고 했다. 골 때리는 건 지구가 평평한 게 아니라 둥그런 모양인데도 그런 식으로 운석 타격이 이루어진단다. 바꿔 말하면 지구를 목표로 사방에서 운석이 날아든다는 소리였다.

아잉오빠: 아, 시작됐다.

아잉이의 말에 채팅창이 고요 속에 잠겼다. 아무리 게임에 미친 사람들이라지만 죽음은 역시나 무섭다.

석영도 마찬가지였다.

하지만 이번 인류 멸망은 어떤 방법으로도 막을 수가 없었다. 일단 모든 국가가 요격 시스템을 재정비해 막아보겠다고 하지만 가능할 거라 생각하는 전문가는 아무도 없었다.

총 백 개의 소행성을 깨부숴야 한다고 하는데, 이건 석영이 봐도 불가능해 보였다. 제일 작은 놈이 축구장 반 정도 크기이고, 큰 놈은 그 몇 배에 달한다고 하니 그냥 죽으라는 소리였다.

석영은 다시 키보드에 손을 올렸다.

정석영: 시작할게요.

아잉오빠: 오빠, 달려! ㅎㅎㅎㅎ

껄껄껄껄: 멋지게 질러봐라!

피식 웃은 석영은 바로 주문서를 클릭해 장비에 가져다 댔다.

딸깍. +8 타천사의 로브가 소멸했습니다. 하나 나르고, 딸깍. +7 타천사의 망토가 소멸했습니다. 두 개째 나르고, 딸깍. +9 미스릴 장화가 소멸했습니다. 세 개째 나르고, 네 개, 다섯 개, 여섯 개를 넘어 전부 증발했다.

피식.

인생 마지막 지름인데도 한 개도 안 뜬다.

정석영: 다 날랐네요.

아잉오빠: 헐, 진짜요?

정석영: 응.

껄껄껄껄: 타천 활도?

정석영: 그건 아직. 마지막에 지르려고요.

아잉오빠: 메인 디시인가요? ㅎㅎㅎㅎ

정석영: 그렇지.

석영은 의자를 드르륵 뒤로 빼며 일어났다. 몸이 뻐근하다. 평소라면 지를 엄두도 못 낼 것들을 전부 싹 질렀더니 몸이 잔뜩 긴장한 것 같았다.

문을 열고 밖으로 나오니 하얗고 붉은 빛 무리가 하늘 저편에서 떨어지고 있었다. 시작된 것이다. 종말이, 심판이, 아포칼립스(Apocalypse)가.

석영은 멍하니 하늘을 바라봤다. 솔직히 말해 아직도 실감이 안 나는 석영이다.

패배한 인생 속에서 살아왔고, 게임상에서만 승리자이던 석영은 이렇게 살아도 나쁘지 않은 인생이라고 생각했다.

하지만 하늘은 그마저도 들어줄 생각이 없는 것 같았다. 우연히 필드에서 누군가 떨군 +3 타락 천사의 활을 먹은 그날, 태어나서 가장 기뻤던 그날, 인류 종말 소식도 같이 들렸다. 그날은 아주 작은 행복마저도 허락하지 않는 하늘에 처음으로 욕설을 퍼부은 날로 석영의 뇌리에 기억됐다.

지구 건너편은 지금쯤 사라지고 있을 것이다. 도심이고 시골이고 할 것 없이 전부.

"슬슬 보일 때가 됐는데."

구웅!

말이 끝나기가 무섭게 석영이 서 있는 곳으로 진동이 울렸다. 대지가 바르르 떨면서 나 아프다고 소리치고 있었다. 운석이 드디어 지면에 충돌한 것이다.

석영은 바닥에 납작 엎드렸다가 엉금엉금 기다시피 다시 집으로 들어갔다. 이후 라니아에 접속해 놓은 노트북을 가지고 다시 밖으로 나왔다.

채팅창은 고요했다.

석영의 메시지를 마지막으로 더 올라온 건 없었다. 석영은 떨리는 손으로 키보드를 두드렸다.

정석영: 행복했습니다. 다들… 감사했고요.

아잉오빠: 히잉, 오빠, 그런 말 말고, ㅠㅠ. 우리 담 생에도 꼭 만나 겜해여! ㅎㅎㅎㅎ

정석영: 그래, 아잉아. 꼭 다음 생에도 보자.

아잉오빠: 네! 그럼… 오빠, 타천 활 안 질러요?

정석영: —— 그게 중요하냐?

아잉오빠: ㅎㅎ 그럼 뭐가 중요해요?

정석영: …….

혈맹의 마스코트답게 끝까지 웃음을 주는 아잉이다. 석영은 그녀의 바람대로 삼중첩 빛나는 강화 주문서를 더블클릭했다.

그리고 조용히 검은색 바탕에 은은한 빛을 뿌리고 있는 타천 활 위에다 주문서를 가져다 댔다.

이후 하늘을 올려다보는 석영. 하얗고 빨간 빛 무리는 점차 진해지고 두꺼워졌다. 이는 타격이 아시아권으로도 오고 있다는 뜻. 오 분 정도 더 기다리자 거대한 빛줄기가 석영의 시야 가득 메우기 시작했다.

왔구나.

석영은 침을 꿀꺽 삼키고 빛이 환해지기 시작하자 마우스를 눌렀다. 딸깍. 이후 시야가 새하얗게 변했다.

그래서 석영은 '정석영 님의 +3 타락 천사의 활이 하얀빛 무리에 휩싸입니다!'라는 공지 메시지도 볼 수 없었다.

쿠아아앙!

"씨발⋯⋯."

석영이 마지막으로 내뱉은 말이다.

episode1: 잠에서 깬 용사의 시대를 시작합니다.

욕설을 내뱉은 석영이 의식을 잃기 전, 전 세계를 울린 메시지였다.

*　　　　*　　　　*

곤란하다. 아, 이건 진짜 곤란하다.

죽는 줄 알았다. 아니, 당연히 죽을 거라 생각했다. 모든 언론은 물론 실제 과학자들과 전문가, 기관들이 한목소리로 이번 운석우 충돌로 지구는 99.99% 멸망할 거라 예상했기 때문이다.

말이 예상이지, 저 정도 확률이면 확정이었다. 석영도 죽을 거라고 생각했다.

그래서 자포자기의 심정으로 세상에서 가장 애지중지하던 라니아 장비를 모조리 지르지 않았나.

근데 깼다.

잠에서 깨듯 정신을 차렸다. 골 때리게도 추워서 깬 석영이다. 으슬으슬한 추위에 눈을 떠보니 마지막으로 마당에서 타천 활을 지른 후 새하얗고 빨간 빛 무리를 보고 의식을 잃은 그 장소에서 깼다. 앞마당 말이다.

본능적으로 일어나서 바닥에 떨어진 노트북을 주워 다시 집 안으로 들어가는데, 본 거다. 눈에 들어온 것이다.

봐버려서 정신이 멍해졌다가 이내 다시 곤란해져 버렸다.

"아, 노름… 네가 왜 여기 있냐?"

눈앞에 석영에게는 아주 익숙한 캐릭터가 보였다. 신발장 위에 떡하니 서 있는 늠름한 존재. 머리 위에는 아주 친절하게 이렇게 적혀 있었다.

창고지기 노름!

라니아를 해본 유저라면 모를 수가 없는 NPC다.

일명 창고지기 노름.

텔레포트 신녀들과 같이 가장 많이 클릭하는 존재가 바로 노름이다. 석영도 하루에 십수 번씩 노름을 클릭한다. 당연히 먹은 장비를 넣거나 아니면 필요한 장비나 약, 주문서를 꺼내기 위해 클릭한다.

그러니 익숙하고 친숙한 존재가 바로 노름이다. 그런 난쟁이 노름이 지금 석영의 눈앞에 턱 하니 있었다.

"아나, 진짜."

잠이 싹 달아났다.

몽롱하던 의식?

개소리! 지금 완전 말짱했다. 놀라서 스스로의 볼을 몇 번이나 꼬집은 석영이다.

"세상은 멸망하지 않았고 노름이 눈앞에 있다. 이걸 어떻게 해석하라고? 내가 지금 죽은 건가? 여긴 사후 세계? 지옥? 란저씨라고 게임 지옥에 떨어뜨렸나?"

그렇다면 나쁘지 않긴 하다.

게임에 미친 위대한 란저씨의 대열에 당당히 합류한 석영이니까.

올해 나이 서른다섯 정석영! 게임 빼면 그의 인생에 남는 건 아무것도 없었다. 그러니 뒈져서도 게임 지옥에 떨어진다면 분명 감사해야 할 일이긴 하다.

그렇긴 한데…….

"어째 현실 같다? 꿈도 아닌 것 같고?"

와, 진짜!

도저히 이해가 가지 않는 현상에 석영은 정신이 없었다. 노름을 보고 나서 정신이 확 깨자 오히려 찾아온 건 살았다는 안도감보다는 '이게 뭥미' 하고 오는 패닉이다.

석영은 순간 자신이 진짜 게임 중독에 대가리가 어떻게 된 게 아닐까 하는 생각까지 들었다. 당연한 일이다. 눈앞에 평소 보던 창고지기 노름이 턱 하니 있으니. 하지만 이게 정상이다. 그러니 석영도 정상이다.

석영은 한참을 그렇게 노름을 바라봤다. 2D 게임이던 라니아 속의 노름보다 훨씬 현실감이 있었다. 입체가 아닌 실제 생물, 하나의 종족처럼 보였다. 난쟁이라는 종족이 진짜 나온 게 아닌가 싶을 정도로 리얼리티가 살아 있었다.

"와, 미치겠다. 뭐냐, 대체?"

어느 정도 시간이 지나자 석영은 스스로가 부여한 상태이상 홀드에서 풀려 움직이기 시작했다. 당연히 가장 먼저 나온 행동은 노름을 이리저리 돌아가며 둘러보는 것.

노름은 움직이지 않았다. 심지어 눈꺼풀도 움직이지 않았다. 숨은 쉬는지 어깨가 들썩이는 운동은 하고 있지만 존재감이 없었다.

'아, 미치겠다, 진짜. 이거 뭐냐? 진짠가? 살아 있나?' 하고 혼잣말을 중얼거리던 석영은…….

지이잉, 지이잉.

"윽!"

주머니에서 갑작스레 진동이 울리기 시작하자 펄쩍 뛰었다. 그러다 주머니 속 폰을 생각해 내고는 주섬주섬 꺼내 액정을 확인해 보았다.

김아영이라는 이름과 번호가 떠 있다.

아잉이다.

아잉오빠의 현실 이름이 김아영이다. 석영 본인보다 한 살 어린 서른넷.

하지만 당당히 란줌마 대열에 합류한 게임 폐인 김아영이다. 연락처는 알고 지냈지만 통화는 처음이라 그런지 우습게도 긴장이 됐다.

"후우."

심호흡을 한 번 한 석영은 전화를 받았다.

—오빠?

"어."

—진짜 오빠?

"어. 왜?"

—와, 우리 살았네요? 하, 하하하!

"그래, 살긴 산 것 같다. 산 것 같은데……."

—뭔가… 이상하죠?

폰 너머로 날아오는 아영의 목소리가 어딘가 의미심장했
다. 석영은 그 물음의 의미를 단박에 파악할 수 있었다.

"너도 창고지기 보이냐?"

—하하, 진짜 나만 그런 게 아니었네? 오빠도 보여요? 노
름?

"그래, 보인다. 아주 똑같다. 왼쪽 손모가지 하나 날아간
것까지."

허탈함에 석영은 그냥 웃을 수밖에 없었다. 노름. 이름이
좀 의미심장하지 않나?

맞다. 노름을 클릭하면 나오는 고정 대사가 있다.

자네, 노름 좋아하나? 좋아하면 지금 당장 끊게, 나처럼 손모
가지 날아가고 싶지 않으면.

요렇게 뜬다.

그래서 게임 속의 노름은 왼 손목이 없었다.

근데 지금 석영이 통화를 하며 보는 노름의 왼손도 손목부터 안 보였다.

—오빠, 우리 죽은 거 아녜요?

"살아 있는 것 같은데? 지금 너랑 나랑 통화하고 있잖아?"

—아니, 근데 멸망한다고 했잖아! 그리고 왜 노름이 보이냐고요. 우리가 단체로 미쳤나? 게임 지옥에 떨어진 거 아닐까요?

흥분한 아영의 목소리에 석영도 어쩌면 그럴 수 있겠다고 생각했다.

생각해 봐라. 대체 노름이 왜 보이냐니까? 누가 설명 좀 해 달라니까!

"아, 나도 모르겠다. 나도 지금 뭐가 어떻게 돌아가는지 모르겠다고."

석영도 아영에게 해줄 수 있는 말이 없었다. 뭘 알아야 말을 해주지.

기절했다가 추워서 눈 뜨고 집으로 들어왔더니 턱 하니 노름이 보였다. 솔직히 상식으로 이해 가능 한 선을 아득히 넘어버린 거다. 석영이 두뇌 회전은 빠르지만 그 회전 속도는 현 상황을 쫓아가기에 역부족이었다.

스윽.

석영은 아영이 '와! 진짜 이게 뭐래? 나 뭐가 뭔지 하나도 모르겠어요!' 하는 소리를 들으며 손을 슥 뻗었다.

터치의 대상은 당연히 노름이다.

틱, 하고 닿자마자 눈앞에 훅 떠올랐다.

창고지기 노름: 자네, 노름 좋아하나? 좋아하면 지금 당장 끊게, 나처럼 손모가지 날아가고 싶지 않으면.

이런 너무 익숙한 문장과 함께 그 밑에 '물건을 맡긴다', '찾는다' 두 가지 선택 사항이 보인다.

"허······."

기가 막혔다.

―왜요?

"지금 노름 만져봐."

―네? 왜요?

"아, 빨리!"

―잠깐만요. 지금 방으로 도망쳐 와서······.

"빨리!"

―네네! 알았다고요!

쿵쿵거리는 소리와 함께 꺄악, 하고 비명 소리가 함께 넘어왔다.

―우, 우와! 우와! 대박! 오빠도 봤어요? 자네, 노름 좋아하

나? 좋아하면 지금 당장 끊게, 나처럼 손모가지 날아가고 싶지 않으면. 봤어요? 이 대사 봤어요? 물건을 맡긴다! 찾는다! 이것도 봤어요?

완전 흥분한 아영의 목소리에 석영은 폰을 귀에서 조금 뗐다. 고막이 울린다, 울려.

"어, 봤다. 봤으니까 해보라고 했지."

—히야! 뭐지? 아, 진짜 뭐지? 게임 속으로 우리 들어온 거예요? 아님 내가 꿈을 꾸나? 아, 모르겠다!

"나도 모르겠다."

석영은 한 말을 또 했다. 알 리가 있나, 노름이 눈앞에 있는 이유를. 답답한 건 석영도 마찬가지였다.

하지만 반대로 안심도 됐다.

노름이 자신에게만 보이는 건 아니라는 걸 지금 확인하고 있으니까. 그렇다는 건, 즉 자신 혼자 미친 건 아니라는 뜻이다.

"실제로 벌어졌다는 소린데……."

그렇게 말하며 주변을 둘러보는 석영.

집이다.

예전 선친이 살던 집이고, 멸망의 선고 이후 석영이 지금까지 살던 곳. 어디 다른 곳에 떨어진 것도 아니었다. 그렇게 변한 건 없었다.

하지만 새로운 건 생겼다. 당연히 눈앞의 노름이다.

창고지기 노름!

물건을 맡기고 물건을 찾는 노름!

"아, 야, 일단 끊어봐."

─네? 아, 쫌! 좀만 더 통화하면 안 돼요? 나 무섭다고!

"나도 무섭거든? 일단 좀 끊자. 오빠도 생각을 좀 해봐야지."

─아, 잠깐! 잠깐잠깐! 그, 그으으으… 맞다! 그거! 타천 활? 걘 어떻게 됐어요? 소멸?

"……."

어이가 없는 석영이다.

지금 이 상황에 타천 활이 중요한가?

─어떻게 됐냐니까요?

"몰라. 정신 잃으면서 질렀거든."

─아! 떴으면 대박이겠다! 사만 떠도 아파트 한 채 아니에요?

"더 할걸?"

─빨리, 오빠, 일단 그것부터 확인, 확인!

"나중에 알려줄게. 끊는다."

─오, 오빠!

뚝.

"후우……."

전화를 끊은 석영은 고개를 저었다. 아영과의 통화 이후 정신이 더 사나워지고 혼란스러워졌다.

혈맹의 마스코트인 만큼 말이 진짜 많은 아이가 바로 아영이다.

아이디를 봐라. 아잉오빠다. 비벼대는 성격 하나만큼은 석영이 아는 한 최강이었다.

혈맹 '란저씨와 란줌마'는 따로 현모를 하지 않는다. 그냥 조용히 게임만 하자는 취지에서 만들어진 혈맹이었다. 만약 현모까지 했으면?

아영이한테 겜 속보다 더 탈탈 털렸을 것이다. 얘는 진짜 무시무시하게 잘 비벼대니까.

폰을 다시 주머니에 넣은 석영은 손을 뻗었다. 툭 치자마자 홀로그램처럼 떠오르는 창고 화면.

"……."

석영은 그걸 한동안 말없이 지켜봤다. 이게 대체 뭔 일일까?

이해가 가지 않아서 머리가 지끈거렸다. 살았다는 안도감보다 창고지기 노릇의 존재가 더 신경 쓰였다. 가동 가능 한 모든 세포가 지금 현 상황을 이해하려 회전하고 있지만 여전히 답은 나오지 않았다.

"미치겠다, 진짜. 뭐냐, 넌?"

그렇게 멍하니 중얼거려 보지만 당연히 노름에게서 답은 없었다.

손을 떼자 홀로그램이 사라졌다. 다시 대자 생겨났다. 다시 떼고, 다시 대고 계속 반복해 보는 석영. 그러다가 문득 생각나 '찾는다'를 눌러봤다.

창고지기 노름: 어허! 자네, 등록도 안 하고 사용하려 하는가? 요즘 같은 신용 사회에 자넬 뭘 믿고 물건을 맡아주겠나?

"헐?"

이 새끼가 뭐라는 거야?

기가 막힌 일은 거기서 끝나지 않았다. 노름이 정수리를 후려치는 거대한 오함마였다면 이번에는 그것보다 훨씬 센 묠니르급 망치였다.

"아, 진짜……."

더 이상 뭔가 허탈한 건 없을 줄 알았는데 아니었다. 노름으로 인한 충격의 여파가 좀 가시자 밀려온 요의 때문에 화장실 문을 연 석영.

석영은 또 보고 말았다. 새하얀 로브를 입고 있는 텔레포트 신녀가 화장실 구석에 두 손을 모으고 조신하게 서 있는 것을.

신녀를 멍하니 보던 석영은 세면대로 가서 찬물을 얼굴에 마구 퍼부었다. 차가운 물이 피부에 닿자 정신이 혹 깨어나는 것 같았다. 이후 수건으로 닦을 생각도 않고 다시 고개를 획 돌렸다.

"……."

텔레포트 신녀는 여전히 그 자리에 서 있었다. 노름처럼 숨 쉬는 기복만 있고 그 어떤 행동도 일체 하지 않고 가만히 서 있었다. 눈앞에서 손바닥을 획획 저어보아도 눈 하나 깜빡이지 않았다.

"노름에 이어 텔레포트 신녀까지……. 라니야야? 뭐야, 대체?"

오늘 하루 대체 몇 번이나 같은 말을 했는지 본인 귀에 딱지가 앉을 지경이다.

웅! 웅! 웅!

전화가 또 왔다. 주머니에서 폰을 빼보니 역시 아영이다. 석영은 전화를 받지 않았다. 딱 봐도 아영도 신녀를 발견한 것 같았지만 해줄 말이 없었기 때문이다.

지금 본인도 어이가 없어 미칠 지경이다. 정리되는 것이 하나도 없고 진짜 이해 가는 게 아무것도 없었다.

"멸망이라며? 오늘이 인류가 끝장나는 날이라며? 근데 뭐냐, 이건? 대체 뭐 하자는 시추에이션인데?"

본래 혼잣말을 하지 않는 석영이다.

하지만 지금만큼은 누군가 듣고 제발 답 좀 해달라는 마음이 간절했다.

그러나 그런 석영의 바람을 들어주는 이는 전무했다.

"후우……."

깊은 한숨과 함께 이번에도 신녀를 툭 쳐보는 석영. 노름처럼 바로 홀로그램이 떠올랐다. 양피지 같은 바탕 안에 신녀의 대사가 적혀 있다.

텔레포트 신녀: 긴 잠에서 깬 용사여, 반가워요. 우리는 그대를 오랜 시간 기다려 왔어요. 부디 우리의 간절한 소원을 들어주기를 바라요. 우리의 소원은…….

통일?

대사는 거기서 끝이었다.

"바람? 뭔 바람?"

알 턱이 있나, 말도 안 해주는데. 석영의 시선이 좀 더 밑으로 내려갔다. 그러자 턱 하니 누를 수 있는 선택지가 하나 있었다.

episode1: 잠에서 깬 용사의 시대를 시작하시겠습니까? Y/N

대체 이게…….

"……."

석영은 눈살을 찌푸리고 그 단어들을 머릿속에 다시금 상기시켰다.

'잠에서 깬? 멸망으로 이어질 운석 폭격 이후 깨어난 걸 말하는 건가?'

빙고.

빙고가 맞지만 석영은 당연히 이를 몰랐다. 그게 정답이라고 알려줄 이가 아무도 없었으니까. 그저 할 수 있는 선에서 추론을 계속해 볼 뿐이다.

'용사의 시대?'

이건 뭔가 낯이 익은 멘트였다. 어디선가 자주 듣던 단어로 이루어진 문장의 조합이다. 석영은 오래지 않아 깨달을 수 있었다.

"라니아? 아, 첫 번째 에피소드? 라니아 첫 번째 에피소드? 맞나?"

정석영.

대한민국의 훌륭한 란저씨 중 하나인 석영은 당연히 라니아 올드 유저였다. 그러면서 거의 퍼스트 유저이기도 했다.

라니아 최초 섭이 오픈했을 때부터, 아니, 그 이전에 공개 베타 테스트부터 활동하던 유저이다.

라니아의 역사와 함께했다 해도 과언이 아니었다. 물론 많이 까먹었지만 특정 단서만 있다면 전부 다시 기억해 낼 수는 있을 것이다. 지금처럼.

그런 그가 알기로 잠에서 깬 용사의 시대는 라니아 정식 오픈과 함께 시작된 에피소드이다.

말 그대로 라니아의 세계에 들어선 유저들을 위한 에피소드. 앞으로의 세계관을 그려 나가기 위한 시발점이나 다름없었다.

톡 왔숑! 톡 왔숑!

울리는 알림 음에 잠시 생각을 접고 폰을 확인했다.

[아잉오빠: 대박! 대애박! 오빠! 신녀! 화장실에 신녀······!]
[아잉오빠: 나 들어가다 기절할 뻔! 오빠도 빨리 확인, 확인!]

"······."

확인하고 자시고 할 것도 없이 이미 봤다. 눈앞에 버젓이 있었고, 지금 신녀의 대사까지 확인한 석영이다.

톡 왔숑!

또 들어온 아영의 메시지에 눈살을 찌푸렸지만 일단 확인해 보았다.

[아잉오빠: 저 등록 완료! 세 번째 유저래요! 오빠도 ㄱㄱ!]

"벌써?"

역시 빠르다.

비비기 최강자답게 낯빛 하나 안 바꾸고 들이대는 저돌성 하나만큼은 타고난 아영이다. 석영보다 오히려 더 남자다움을 내뿜을 때도 있었다.

그래서 라니아 캐릭터도 기사다. 멀리서 뿅뿅 쏘는 것보다 일단 들이대서 칼질하는 게 손맛이 더 좋다나 뭐라나. 어쨌든 그게 이유였다.

라니아를 할 때는 든든한 최전방 탱커이자 딜러지만, 이번에는 조금 걱정이 됐다.

'이걸 수락하면 어떻게 될 줄 알고?'

문제는 바로 이 부분이다.

저 'Y' 버튼을 누른 뒤에 생길 일이 솔직히 심히 걱정스러웠다.

본래 생각이 조금 많은 편인 석영으로서는 저걸 당장 누를 수가 없었다. 노름도 그렇고 신녀도 그렇고. 솔직히 아영이 아니었으면 석영은 아마 자신이 미친 게 분명하다고 전문의의 진단 없이 스스로 확정 지었을 것이다.

'내가 진짜 미쳤나? 하지만 아영이랑 같이 미칠 확률은? 둘이 동시에 미쳐서 둘이 똑같은 환상을 보고 있을 확률은?'

글쎄…….

얼마나 될까?

석영은 일단 신녀에게서 손을 떼고 폰을 다시 들었다. 이후 톡 메신저를 확인해 보니 이미 혈맹 '란저씨와 란줌마'는 거세게 폭발 중이었다.

톡이 벌써 +300이라고 표시되어 있었다. 딱 스무 명으로 운영되는 란저씨와 란줌마이다.

그런데도 이 시간에 이리 많은 톡을 하고 있다.

들어가 보니 역시나…….

다들 석영과 똑같은 걸 보고 있었다.

전부 노름과 신녀를 보고 있는 것이다. 그럼 스무 명이 동시에 미쳐서 동시에 똑같은 환상을 볼 확률은?

거의 제로에 가깝지 않을까?

'그럼 내가 미치지 않은 게 확실한데…….'

이제 어떻게 해야 할까?

지금까지 대충 생각해 본 결과, 저 'Y' 버튼을 누르는 순간 석영은 분명 자신이 전혀 예측도 할 수 없는 어떤 일이 벌어질 것이라는 걸 직감적으로 알아차렸다.

그리고 그 일은 지금껏 석영이 경험하지 못한 완전히 새로운 종류의 일이라는 것도 뒤따라 느낄 수 있었다.

두근두근.

'심장이… 뛴다?'

뛰는 심장은 점차 박동 수를 높여갔다. 흥분. 전에 없이 뛰기 시작하는 심장의 맥동에 석영은 놀랐다. 란저씨의 대열에 들며 사실 하루하루를 무료하게 살던 석영이다.

오직 라니아만이 석영에게 재미를 주었다.

'첫 지룡 레이드 성공 때도 이렇지는 않았는데……'

라니아 전 서버 최초 지룡 안티오스 레이드에 성공했을 때도 이렇게까지는 심장이 뛰지 않은 석영이다. 그땐 만반의 준비를 했고 잡을 수 있을 거란 확신이 있었기 때문에 희열을 느끼긴 했지만 크게 주체 못 할 정도는 아니었다.

그런데 지금은 그때를 넘어서고 있었다.

'타천 활을 먹을 때도 이렇지 않았고.'

타락 천사의 검과 함께 재앙급 무기로 분류되던 타락 천사의 활을 필드에서 공짜로 먹었을 때도 이렇게 뛰지 않았다. 기쁘긴 했지만 마찬가지로 주체 못 할 감정을 느끼긴 않았다. 오히려 뒤이은 인류 멸망 소식에 더 심장이 뛰었다.

'근데 지금 그것보다 더 흥분된다고?'

쿵쿵쿵쿵!

심장이 마구 뛰고 있는데 이걸 억누를 수가 없었다. 석영은 인정해야 했다. 자신은 지금 저 Y를 누르고 싶다고. 그 열망이 지금 심장을 고장 내려 하고 있다고. 지금 누르지 않으면 심장은 터질 것이고, 자신은 평생 후회 속에 살아야 할 것 같다고.

'알고 있으면서도 왜?'

우웅! 우웅!

"어."

―오빠, 나야!

"응, 넌 거 안다."

―히히, 제 목소리가 또 한 귀엽해서 금방 알아듣겠죠?

"실없는 소리 그만하고, 왜?"

―에이, 싸늘하고 재미없기만 한 시골 남자 같으니. 뭐, 왜 전화했겠어요?

"등록?"

―네. 했어요?

"음……."

잠시 고민하는 척을 하자.

―고민해요, 지금? 아니, 지금이 고민할 때인가? 지르고 봐

야죠! 타천 활도 삼까지 지른 양반이 뭐가 무서워서 고민해?

"그건 술기운에 미쳤던 거고."

―그럼 지금 당장 소주 나발 불어요! 오빠네 술 많다며!

카랑카랑한 아영의 목소리에 석영은 소리 없이 미소 지었다.

그래, 뭘 고민하나?

강화 안 된 타천 활도 재앙급이다.

근데 그걸 0부터 3까지 띄운 게 석영이다. 처음 지를 때는 몇 천씩이 움직였고, 두 번째는 억대가 움직였다. 세 번째는?

말을 말자.

그렇게 제정신이 아닌 미친놈이라 불리며, 혈원들에게 미친 강심장이라 불리던 내가 지금 뭘 고민하고 있지?

그런 생각이 들자마자 손을 뻗어 선녀를 터치하고 밑의 Y를 눌렀다.

그러자 'episode1: 잠에서 깬 용사의 시대를 시작하시겠습니까? Y/N'이란 문장이 안개처럼 사라지고 새로운 문장이 새겨지기 시작했다. 문장은 느릿느릿, 그러나 정교하고 세련되게 새겨지기 시작했는데 석영은 거기서 눈을 뗄 수가 없었다.

이윽고 완성된 문장은 이렇다.

정석영 님, 리얼 라니아(real RAnia) '일곱' 번째 유저가 되신 것을 축하드립니다.

그리고 그 밑에 없던 게 하나 더 생겨나기 시작했다. 천천히 새겨지는 그 문장에 석영은 눈을 떼지 못했다. 일 분여에 거쳐 드디어 완성된 문장.

일곱 번째 유저 정석영 님, 리얼 라니아(real RAnia)에 접속하시겠습니까? Y/N

"……."
고민은 끝났다.
석영의 입가에 미소가 번지며 손은 다시 Y로 움직였다.
하얀빛이 온몸을 감싸고 있는 게 느껴졌다. 어떻게 느끼냐고?
실제 시선에 자신의 몸을 두르고 있는 빛이 보였다. 석영이 손을 천천히 뻗자 빛은 몸으로 스며들 듯이 사라졌다.

리얼 라니아(real RAnia) 적응을 위한 멘탈(Mental) 보정이 완료됐습니다. 일곱 번째 유저 정석영 님의 접속을 환영합니다. 그럼 첫 번째 episode1: 잠에서 깬 용사의 시대를 시작하시겠습니다.

　머릿속에 울리는 목소리. 이때까지만 해도 저 멘탈 보정이 뭔지 잘 몰랐다. 그게 얼마나 잔악무도하고 어처구니없는 시스템인지.

　하지만 그런 중요함이 지금 당장 시선에 담기는 풍경에 조용히 묻혔다.

　"아……."

　가장 먼저 나온 건 감탄이다. 전경이 눈에 보였다. 매우 익숙하고도 정겨운 곳, '조잘거리는 섬'. 라니아 세계관의 스타트 지점이다. 이곳에서 첫 번째 에피소드가 끝나고 나서야 본토로 가는 뱃길이 열렸다.

　솔직히 석영은 예상했다. 첫 번째 에피소드와 똑같은 물음에 당연히 스타트 시작점은 조잘거리는 섬이겠거니 생각한 것이다.

　그 예상은 빗나가지 않았다. 창고지기 노름이 마을의 중앙에 있었고 정면으로 건물 두 채가 있었는데 각각 물병 그림과 검, 방패 그림이 그려진 간판이 문 옆에 딱 붙어 있었다.

　잡화 상점과 무기 상점이다. 두 NPC의 이름은 각각 엘레나, 엘런이다. 이름처럼 둘은 남매이고 이란성 쌍둥이라는 설정이다. 이것까지 똑같았다. 의심할 여지가 없었다.

이곳은 라니아의 첫 스타팅 포인트인 조잘거리는 섬이고, 지금 자신은 이곳으로 들어왔다.

'가상현실? 아니, 아니야. 이건 가상현실 따위가……'

그럴 리가 없었다.

지극히 현실적이다. 리얼 라니아? 그 이름에서도 알 수 있듯이 극도의 리얼리티가 느껴졌다.

석영은 오른손으로 왼손을 쓸어봤다. 소름이 쭉 끼쳤다. 촉감이 느껴졌다. 피부로 와닿는 손길이 완전 제대로 느껴진 것이다.

이 정도 리얼리티라니, 이건 그냥 신세계다.

"이야……"

이번엔 소름이 올라온 신음에 가까웠다. 이거 봐라. 이런 걸 그냥 게임이라고 할 수 있을까?

석영은 아니라고 봤다. 이런 게임 따위, 들어본 적이 없었다.

게임을 좋아하는 만큼 모든 게임 소식은 인벤이라는 곳을 통해 접하는 석영이다. 고글을 쓰고 플레이한다는 게임이 곧 나온다고 하는 말은 들어본 적이 있어도 이 정도까지 오감을 만족시키는 가상현실은 처음 들어본다.

"그럼 현실이라는 소린데… 리얼이 의미하는 게 이건가?"

굳이 앞에 리얼이라는 말이 붙진 않았을 거라 생각했다. 현실이라면 문제가 좀 복잡해진다.

어떻게 복잡해지냐고?

딱 하나의 예를 들어보자면 현실 속에서 죽으면 죽는다. 그냥 문자 그대로 죽는다. 게임처럼 부활이니 이런 건 아예 없었다.

정말 문제는 여기서 죽었을 때다. 게임처럼 부활하느냐, 아니면 현실처럼 그냥 인생 끝나느냐.

전자면 상관없지만 후자면 진짜 최악이다. 게임하는 데 목숨을 걸어야 하는 것이다. 어느 미친놈이 자신의 목숨을 걸고 데스 게임에 임하겠는가?

석영도 게임을 광적으로 좋아하긴 하지만 그건 아니었다.

"튜토리얼(Tutorial) 같은 것도 없고, 전부 알아서 하란 소린가?"

불친절함의 극치다.

이쯤 되면 이제 답은 딱 두 개다. 직접 몸으로 부딪쳐 보든가, 아니면 이대로 조용히 로그아웃하든가.

하지만 석영은 점차 자신의 마음이 전자로 기우는 걸 느꼈다. 접속 전에 느낀 흥분이 다시금 전신으로 퍼지고 있었다. 피부가 따끔따끔한 게 저 익숙한 경비병들이 경계를 서고 있는 곳을 지나고 싶었다.

저길 나서는 순간 사냥터, 즉 필드(Field)가 된다. 익숙한 놈들이 여기저기 돌아다니고 있을 게 분명하다.

마음의 결정은 섰다.

하지만 나가기 전에 반드시 확인해야 하는 게 있었다. 라니아를 할 때도 사냥을 나갈 거면 반드시 한 번은 점검해야 한다. 점검이란 당연히 개인 장비와 보조 아이템, 포션 종류의 확인이다.

근데 여기서 또 문제가 생겼다.

"어떻게 확인하지? 인벤토리?"

지잉, 하는 소리와 함께 반투명 홀로그램이 떠올랐다. 이역시 익숙했다. 라니아의 인벤토리와 아주 똑같았다.

빙고.

근데…….

"어?"

이상한 게 눈에 띄었다. 기본 지급 되는 빨간 물약 열 개와 초록 물약 다섯 개, 그 외 기초 무장들. 이건 캐릭터를 새로 만들 때마다 지급되는 장비이다.

하지만 지금 석영의 눈에는 절대 보이지 말아야 할 것이 보였다.

"타천 활? 왜 저게?"

너무 놀라 손으로 입을 막고 중얼거렸다. 저걸 모를 리가 없다. 거의 일 년 전에 라니아에서 80 고렙 필드 사냥터로 솔플을 하려고 갔던 날, 바닥에 뚝 떨어져 있는 저놈을 먹은 석영이다.

일명 '타락 천사의 활'.

타락 천사의 검과 함께 라니아 최강이자 최악의 무기가 바로 타천 시리즈 무기이다. 극악의 재료 수집 과정과 함께 어마어마한 노가다 시간과 금전, 그리고 인력이 투자되어야 겨우 만들 수 있는 게 바로 타천 시리즈 무기이다. 강화되지 않은 0짜리 무기도 현금으로 최소 사오천만 원에 거래되는 놈이다. 미친 거다.

게임 아이템 하나에 사오천이라니.

하지만 타천 시리즈 무기는 게임 속에서만큼은 그럴 만한 가치가 있는 놈이었다. 동렙, 동급 장비 몸빵 캐릭터도 파워샷으로 후려치고 더블 샷을 마구 날리면 와서 칼질 한번 못하게 하고 벨시키는 게 바로 타천 활이다. 무기 자체의 대미지도 엄청나지만 옵션은 더욱 무지막지했다.

블랙 미스릴급 무형 화살에 민첩 스텟 +10에 신족, 마족, 용족, 괴수, 언데드, 인간 등 모든 종족에 대한 랜덤 추가 타격, 명중률 +10에 다섯 발당 한 번씩 터지는 마법 '타락 천사의 심판'은 마방을 극한으로 올려도 피를 쭉쭉 깎아버린다.

이놈은 진짜 궁수를 최강의 스나이퍼로 만드는 무기다.

근데, 근데 말이다.

"이거… 진짜야?"

그런 타천 활이 지금 석영의 인벤토리 무기 칸에 딱 장착되어 있었다. 얼떨떨한 기분에 터치하자 아이템의 정보가 떴다.

+5 타락 천사의 활
레벨 부족으로 무기의 추가 옵션은 봉인되어 있습니다.

"레벨 부족으로 무기의 옵션은 봉인되어 있습니다……?"

딱 무기명만 뜨고 그 외의 정보는 아예 보이지도 않았다.

하지만 그건 중요한 게 아니었다. 대체 이게 무슨 일인가 알아내는 게 먼저였다. 순간 석영의 뇌리로 벼락처럼 스쳐가는 기억이 있었다.

"설마 기절했을 때?"

석영은 멸망이라 생각한 운석우 타격의 빛무리를 보면서 분명 삼중첩 빛나는 무기 마법 주문서를 +3 타천 활에 발랐다. 어차피 죽으면 모든 게 끝나니 있는 장비를 모두 지른 것이다.

그리고 정신을 차린 후 저게 소멸했는지 떴는지 확인은 안

했다. 집으로 들어오자마자 노름이 떡하니 보여 거의 패닉이었고, 신녀를 봤을 때는 거의 멘붕까지 갔다가 지금은 리얼라니아에 접속한 상태이다.

그러니 떴는지 소멸했는지 확인 전이었다.

그런데 지금 딱 그놈이라 예상되는 타천 활이 소멸하지 않고 +2나 더 붙어 턱 하니 장착되어 있다.

"이거……."

석영은 길게 생각하지 않았다. 지금 다른 건 생각할 게 없었다. 자신의 인벤토리에, 자신의 캐릭터 장비 칸에 +5 타천 활이 박혀 있다는 게 중요했다.

"옵션 봉인? 큭! 크흐!"

헛웃음이 터졌다.

타천 활의 기본 공격력은 정말 무시무시하다. 웬만한 고레벨 거수형 몹도 근처에 다가오기 전에 녹여 버리는 게 바로 타천 활이다. 타천 활 바로 아래 등급의 활을 +9로 강화해도 기본 타천 활의 공격력에 겨우 반 조금 넘게 따라온다.

그런 타천 활이 지금 자신의 장비 칸에 있다?

이런 경우는 게임으로 따지면 딱 하나다.

"버그, 버그로 타천 활이 따라왔단 말이지?"

신고할까?

미쳤냐!

생각해 봐라.

이건 어마어마한 이득이다. 1렙짜리가 타천 활을 낀다고 뭐 얼마나 좋으냐고 놀린다면 솔직히 수긍은 간다. 렙 차이로 고렙 유저한테는 박히지도 않을뿐더러 명중률 자체도 시궁창까지 떨어지니까.

하지만 지금은 다르다.

지금 현 상황은 리얼 라니아의 시작, 에피소드 1이 시작된 시점이다. 남들은 수련 검, 수련 활 들고 사냥할 때 자신은 타천 활을 들고 사냥을 시작하는 것이다. 유저가 몇 명인지 모르겠지만 대충 일만 명이 있다고 가정하고 레이스를 시작한다.

전부 티코나 프라이드를 타고 출발점에 섰는데 자기 혼자만 람보르기니를 타고 출발점에 선 것이다. 게다가 연비도 끝장난다. 무려 무형 화살이니까.

석영이 알기로 무형 화살은 옵션이 아니다. 무기 자체의 대미지와 같은 설정인 것이다. 이건 실제 1렙에 채워 사용해 보기도 한 석영이라 확신할 수 있었다.

"화살값도 굳는다는 거지?"

초반 궁수 계열을 키울 때 가장 짜증 나는 건 당연히 화살값이다. 은화살이라면 어느 정도 괜찮은데 미스릴로 넘어가면 진짜 돈이 쭉쭉 빠져나간다. 기사의 물약 소모를 따라가기 위한 밸런스 패치 때문이다.

이걸 들고 밖으로 나가면?

초보 존은 그냥 싹 쓸고 다니는 거다.

게다가 다른 유저는 보이지도 않는다. 분명 아잉이는 접속했을 것이다. 그 애는 처음에만 겁먹지, 정신을 차린 뒤의 행동력 하나는 끝장나니까 아마 자신처럼 접속했을 게 분명했다.

그런데도 보이지 않는 이유는 아마 에피소드 1은 따로 개인플레이를 하는 것 같았다. 아니면 이곳 조잘 섬에서만 개인플레이던가. 어쨌든 이게 의미하는 건?

"사냥터도 독식이라는 의미고?"

사냥터 독식.

이것도 중요하다.

왜?

좋은 사냥터는 어느 서버, 어느 혈맹이든 통제한다. 게임 초기에는 초보 존도 통제하던 혈맹이 있었다. 나중에는 논피케이 존으로 변했지만 그 이전엔 분명 통제가 있었다. 석영은 더 고민하지 않고 밖으로 나갔다.

일단 한 번 직접 부딪쳐 본다.

밖으로 나오자마자 손에 어둠의 기류가 휘돌더니 타천 활이 착 감겨 들었다. 이 이펙트 또한 라니아와 똑같았다.

"현실 적응이고 나발이고 게임이면 게임답게, 란저씨면 란저씨답게!"

그게 혈맹 란저씨와 란줌마의 혈칙이었다.

그러니 일단 부딪친다.

멘탈 보정이 시작됐다. 다만 석영은 그런 사실을 모르고 있었다.

하지만 몰라도 상관없었다. 어차피 길게 생각해도 석영은 같은 결정을 내렸을 테니까.

그러나 말과는 다르게 발걸음은 조심스러웠다. 아잉이가 봤으면 '호호호호!' 하고 웃었을 게 분명하지만 어차피 없으니까.

조잘거리는 섬, 북쪽 섬을 줄여서 그냥 북섬.

말 그대로 북쪽 문으로 나온 석영은 오 분 정도를 조심스레 이동하다가 드디어 만났다.

조잡한 돌도끼를 든 직립 보행형 괴물 오크(Orc)를.

"게임, 게임, 게임, 게임. 게임이다, 이건."

저건 죽여야 할 몬스터이고 경험치를 줄 귀중한 놈이라고 단지 몇 번을 그렇게 다짐했을 뿐인데 어느새 석영은 타천 활로 녀석을 겨누고 있었다.

이 또한 너무나 자연스러웠다. 게임 속에서나 활질을 해봤지, 현실에서는 활을 쥐어본 적도 없는 석영이다. 그런데도 완벽하게 자세를 잡고 시위를 잡아당긴다.

쭈욱 늘어나는 시위에 검은 기류가 생겨나더니 한 발의 화살이 생성됐다. 정확히 겨눴다는 확신이 서자 석영은 시위를 놓았다.

그러자 무형 화살의 검은 궤적이 일직선으로 그려졌고……

꾸엑!

오크의 비명이 들렸다.

*   *   *

이후 석영은 북섬을 아예 쓸고 다녔다.

타천 활의 대미지는 과연 아주 죽여줬다. 비록 레벨 제한 때문에 추가 타격과 명중률 보정도 못 받았지만 무기 자체의 대미지와 +5강의 힘은 어마어마했다.

실제 라니아상 조잘거리는 섬은 업데이트가 되며 고렙 사냥터가 됐지만 초반에는 아니었다. 여기는 그냥 크로(크로스보우) 한 자루만 있어도 사냥이 쉽던 곳이다. 웬만큼 몰리지 않으면 그냥 멀리서 당겨 버려도 크로에 오기도 전에 녹는다.

그런 곳에 타천 활을 들고 갔으니 어땠을까?

타천 활에 두 방을 버티는 몹은 거의 없었다.

난쟁이, 난쟁이 전사, 고블린, 고블린 전사, 오크, 오크족 전사, 오크족 주술사, 늑대 인간, 늑대 인간 전사, 라이칸슬로프 등등이 출몰했지만 단 한 마리도 타천 활의 한 방을 버티지 못했다.

+0짜리가 현금으로 사오천을 호가하는 놈이니 과연 그 힘은 무시무시했다. 그렇게 석영은 북섬을 아예 쓸고 다녔다. 덕분에 아이템이 창고에 넉넉하게 찼다. 무게 게이지가 간당간당할 정도로 먹은 석영이다.

그렇게 쓸고 다니다가…….

레벨 10.

몸을 감싸는 빛 무리를 느끼길 딱 열 번이다. 레벨 10이 되자 석영은 마을로 돌아가기로 했다. 몸이 엄청 무거워졌다. 팔도 후들후들 떨리고 다리는 물 먹은 솜처럼 무거워졌다.

"아, 귀환……."

귀환 주문서가 없다는 사실에 석영은 절망했다.

북섬 깊은 곳까지 들어온 석영이다. 가는 길이야 친절하게 이정표가 있지만 거의 한 시간 가까이 걸어가야 한다. 인벤토리를 열어 다시 한번 확인했지만 역시 귀환 주문서는 없었다. 짜증이 확 일어났다. 그래도 돌아가긴 해야 한다.

무거운 몸으로 한 시간을 움직이는 건 진짜 고역이었다.

마을에 도착하자마자 잡동사니를 바로 엘런에게 싹 팔아버렸다.

"어라?"

그런데도 몸은 가벼워지지 않았다. 인벤토리 무게 게이지 때문인 줄 알았는데 아니었다. 그렇다면 이건 이유가 하나밖에 없었다.

'사냥 자체가 체력을 소모한다고?'

진짜?

'아!'

석영은 리얼(real)이라는 말을 다시 떠올렸다. 이건 리얼 라니아 속에서도 실제처럼 체력을 소비한다는 소리였다. 만약 이 생각이 맞는다면 로그아웃을 해도 몸은 무거울 것이다. 그렇게 되면 정말 확실해진다.

골 때린다.

"허!"

그에 헛웃음이 터진 석영이다. 하긴, 안 그러면 아예 여기서 사냥만 할 수도 있으니 밸런스를 맞추기 위한 시스템 같았다.

석영은 무기 상점을 나와 잡화 상점으로 들어갔다. 들어가서 팔아야 될 것들은 싹 팔았다.

그리고 포션과 귀환 주문서를 잔뜩 구입해 놓고 다시 나왔다. 마을 중앙으로 와서 인벤토리를 여니 오늘의 성과물이 보인다.

'후후.'

성과물을 보니 자동으로 웃음이 나왔다. 석영이 왜 라니아에 그렇게 푹 빠졌을까?

현실에서는 지지리 운도 없었지만, 반대로 게임 속에서는 그걸 보상이라도 해주는 것처럼 운발이 잘도 터졌다.

남들은 한평생을 해도 못 먹는다는 것들을 석영은 수두룩하게 먹었고, 그걸 팔아 생계를 유지했다.

보통 하루 십만 원씩 벌던 석영이다.

빛나는 무기 강화 주문서나 빛나는 갑옷 강화 주문서는 게임 속에서 장당 백만 원에 거래되었다. 시장에서 자동한테 팔아도 99만은 했다.

석영이 하던 라니아 섭의 시세는 대략 백만 원당 만 원 정도였다. 떨어져도 9,000원은 했고, 항상 9,000에서 10,000원을 유지했다.

석영은 이걸 진짜 잘 먹었다. 기본 서너 장은 먹었고, 고렙 사냥터의 드랍하는 잡템들은 가치 자체가 달랐다. 귀한 재료라는 소리다. 그러다가 금속이나 장비류를 먹는 날이면 십만 원도 우습게 넘어갔다.

그만큼 운발이 터지는 석영.

그런 석영의 운발은 과연 리얼 라니아에서도 터져줬을까?

터졌다. 인벤토리 한구석에 고이 안착해 있는 무기 강화 주문서.

북섬에서 이걸 주는 놈은 딱 하나다. 바로 라이칸슬로프. 석영은 오늘 라이칸만 거의 오십여 마리를 잡았는데 그중 두 놈이나 무기 강화 주문서를 드랍했다.

이건 대박이다. 보통 저렙 몹은 드랍률이 극악이다. 무기나 갑옷 강화 주문서는 그중에서도 더 극악하다. 그런데도 석영은 오늘 두 장이나 먹은 것이다. 초기 시세로 따지자면 갑옷은 삼만 오천, 무기는 칠만 정도이다.

이걸 어떻게 확정 짓느냐고?

엘레나가 사들이기도 하는데 아까 보니 딱 칠만 사천에 사들였다. 그럼 유저한테 팔면?

이것보다 더 받으면 받았지 덜 받는 경우는 절대 없을 것이다.

'분명 튜토리얼이 끝나면 통합된다. 리얼 라니아라고 혼자만 플레이하는 건 아닐 거야.'

지금은 혼자다.

하지만 분명 서버를 합치듯이 온 다른 유저와 함께 플레이하는 날이 올 것이다. 이건 그날 분명 아주 강한 가치를 나타낼 것이다.

'초반에는 뭐든 희귀하지. 철괴나 물약 종류. 그럼 장비나 주문서는?'

애들은 아주 대박일 가능성이 높았다.

라니아는 어느 서버든 서버 초기 때는 뭐든 비싸다. 아덴은 말할 것도 없다. 이건 그때 분명 강하게 쓰일 것이다.

'타천 활이 진짜 대박이다, 대박!'

만약 타천 활이 없었다면 석영도 이걸 팔 생각은 못 했을 것이다. 당연히 본인의 장비 맞추기에 썼겠지.

하지만 무기 강화 주문서는 필요가 없었다. 타천 활을 또 지를 게 아니라면 말이다.

'팔아서 방어 쪽에 투자해야지.'

지금은 맨몸인 석영이다.

더럽게 무겁지만 성능은 쪽박인 고블린이나 오크족 장구류는 아예 거들떠도 안 본 석영이다. 조금 비싼 놈들만 먹고 전부 엘런에게 팔아버렸다.

보통 사냥이 끝나면 개인 정비는 필수다. 다시 사냥 나갈 채비와 장비를 한 번씩 점검하는 것이다. 가끔씩 파손되기도 하니 숫돌도 필요하다. 라니아는 무기 외에 장비도 깨지니까.

다만 완전히 날아가는 건 아니고 파손도 1에 전체적 능력 1%가 떨어진다. 그렇게 100이 되면?

장비는 깨지고 장비 창에서 튕겨 나온다. 숫돌로 복구하기 전에는 착용도 불가능하다. 물론 아예 파손되지 않는 아이템도 있다.

석영이 차고 있는 타천 활이 그 대표적인 예다.

현 라니아상 최종 보스라 할 수 있는 타락 천사 루시퍼를 잡으면 극악한 확률로 획득 가능한 루시퍼의 뼈, 심장, 힘줄로 만드는 게 타락 천사의 활이다. 검은 뼈와 심장, 뇌수로 만들어지는 등 비싸고 드랍률도 가히 살인적인 만큼 일단 파손 불가 옵션이 당연히 걸려 있다.

그런 타천 활이 버그로 따라왔으니 무기가 깨질 걱정은 없었다.

하지만 그래도 모르니 엘레나에게 다시 가서 숫돌 열 개를 사고 엘런에게도 갔다.

"음, 보망이 삼만 오천이네?"

카탈로그에서 보호 망토의 가격을 보고 석영은 자신의 인벤토리를 열었다. 오늘 사냥으로 번 아덴은 사만.

하지만 물약과 주문서를 사면서 만 원을 소비해 삼만이 남았다. 아깝게도 살 수가 없었다.

갑옷 종류는 살 수 있었다.

가죽 갑옷.

말 그대로 그냥 가죽 갑옷이다.

가격은 이만 오천.

살 수 있긴 한데 방어도가 진짜 쓰레기다. 고작 AC—2밖에 되질 않는다. 그에 비해 보망은 더 가볍고 AC—3이다. 효율로 봤을 때 비싸도 보망이 훨씬 더 낫다는 걸 아는 석영은 다시 밖으로 나왔다.

'아, 이거 안 풀리네?'

무거운 몸은 약 한 시간 정도를 마을에 있었는데도 가벼워지지 않고 있었다. 이렇게 되면 이제 사냥도 못 하니 로그아웃밖에 남은 게 없었다.

'근데 어떻게 나가지? 이것도 그냥 말로 하면 되나?'

방법을 모르니 쪽팔려도 그냥 해보는 수밖에.

"로그아웃?"

휘이잉.

창고지기 앞에 선 석영에게 한 줄기 바람이 불고 지나갔다. 아무런 일도 벌어지지 않은 것이다.

"아오!"

쪽팔림이 온몸을 쓸고 갔다. 두리번거리다가 신녀에게서 시선이 우뚝 멎은 석영. 바로 다가가서 터치하니… 빙고!

턱 하니 로그아웃 창이 있다. 그걸 누르자 바로 새하얀 빛 무리가 온몸을 감쌌다. 이번엔 Y/N도 없이 바로 현실로 튕겨나왔다. 장소는 당연히 신녀가 있던 화장실.

"히야, 꿈은 아니네. 진짜 리얼이네, 리얼."

이건 도저히 상식적으로 말이 안 되지만 이상하게도 그냥 받아들여졌다. 멘탈 보정의 효과였다.

화장실을 나오며 습관적으로 폰을 찾는 석영. 주머니에 그대로 있었다.

꺼내 확인해 보니 톡이 수백 개가 와 있다. 당연히 아영이랑 란저씨와 란줌마 톡방이다. 란저씨와 란줌마의 톡은 너무 많아 일단 10이라고 적힌 아영의 톡을 열었다.

[오빠, 대박!]

[접속해 봤어요?]

[진짜 라니아랑 똑같아요!]

[나 7렙!]

[체력 달려 튕겼어욥. ㅠㅠ]

[철괴랑 가죽은 모아야겠죠?]

[오빠 나옴 바로 콜미!]

[악! 대박!]

[창고! 창고!]

[물건 꺼내져요!]

"뭐? 꺼내진다고?"

마지막 톡에 석영은 정신이 확 깼다. 물건이 꺼내진다고?

바로 노름에게 가서 리얼 라니아에서 맡긴 물건 중 철괴를 찾아보는 석영.

"헐!"

시꺼먼 철괴가 석영의 손바닥 위에 턱 하니 놓여 있다.

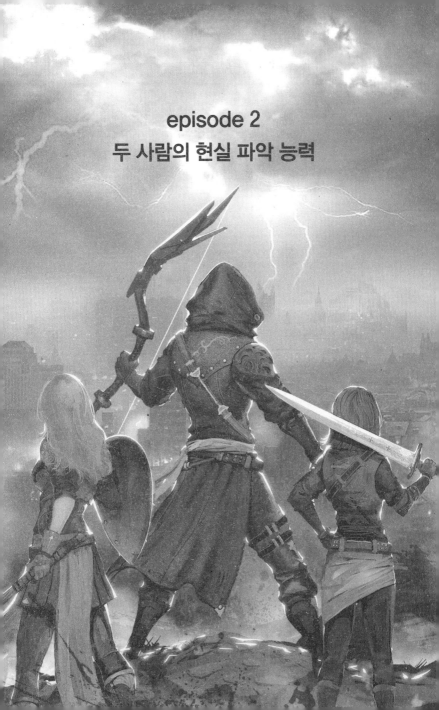

episode 2
두 사람의 현실 파악 능력

"악!"

자다 말고 벌떡 일어난 석영은 급히 주변을 살폈다. 은은한 불빛에 보이는 장소가 자신의 집 안임을 안 석영은 깊은 한숨을 토해냈다.

이거다. 석영이 사회 부적응자가, 아웃사이더가 된 이유 중하나. 가끔씩 지독할 정도로 현실적인 꿈을 꿨다. 그 꿈 내용은 잘 기억도 안 나는데, 당시 꿈의 내용이 하루가 아닌 몇날 며칠의 기분을 좌우했다.

만약 화가 나는 꿈을 꾸면?

그런 꿈을 난 뒤에는 누구든 건드리는 순간 주먹부터 나갔다. 감정 컨트롤이 아예 작살 난 것처럼 그냥 문답무용 주먹질이었다. 그러니 회사에 들어가서도 줄곧 사고만 쳤다. 징계를 몇 번이나 받고 결국은 석영이 먼저 때려치웠다.

"시발……."

절로 입에서 욕설이 튀어나왔다.

오늘 꿈속에서 느낀 감정은 두려움과 긴장감이다. 팔을 쓸어보니 솜털이 바짝 서 있다. 긴장감에 소름이 돋은 것이다.

바로 일어나 방 안의 불을 켰다. 동시에 폰으로 집 관리 어플을 실행시켜 집 안의 모든 불을 켰다. 이런 상태로 그냥 문 밖으로 나가면?

긴장감과 두려움이 심장을 옥죌 것이다.

문을 열고 나와 거실로 가서 찬물을 벌컥벌컥 마시고 나니 어느 정도 마음의 안정이 찾아왔지만, 그렇다 해도 완전히 좋아진 상태는 아니었다.

베란다로 나가 담배를 한 대 피우고 싶었지만 창밖은 아직 어둠이 온 세상을 지배하고 있는 상태이다.

어차피 혼자 살겠다, 그냥 거실 소파에 앉아 담배를 피우기 시작하는 석영. 한 모금 깊숙이 빨아들이고 나니 이제야 좀 살겠다 싶은 마음이 들었다.

현재 시간 4시 30분.

완전 새벽이다.

이것저것 알아보다 열두 시쯤 잠들었으니 고작 네 시간 좀 넘게 잤다. 그래도 몸은 좀 가벼워졌다. 그러다 문득 현관을 바라보는 석영. 노름이 거기 서 있었다.

"아직도 보이는 걸 보니 꿈은 절대 아닌 거네."

어젯밤 한 타임 리얼 라니아에서 사냥을 마쳤다. 지독한 현실감은 그게 꿈이 아니라고 분명 말해줬지만 사람은 원래 한 번 보고도 잘 안 믿는다. 실제 자신이 겪었으면서도 아직도 멍하다.

벌떡 일어나 노름에게서 어제 먹은 아이템 몇 개를 꺼내 왔다.

철괴, 무기 강화 주문서.

현실이다.

운석우와의 충돌은 석영 혼자가 아닌 지구를 요상하게 만들어 버렸다. 아니, 아주 괴상하게 만들어 버렸다. 석영이 즐겨 하던 라니아를 현실에 강림시켜 버린 게 괴상한 게 아니면 대체 뭐가 괴상하다 할 수 있을까.

"정리가 필요해."

정보의 바다라 불리는 인터넷으로도 알 수 있는 건 한계가 있다.

그리고 지금 인터넷은 가히 폭발 직전의 열기를 띠고 있었다. 어제 잠깐 알아본 바, 이 일은 석영 혼자에게만 일어난 게 아니었다.

전 세계에 동시다발적이자 폭발적으로 일어났다.

수없이 많은 네티즌이 노름과 신녀를 봤다고 했다. 그리고 가상현실에 접속해서 사냥을 즐겼다고 했다.

"남자, 여자, 나이 전부 무작위로 선출된 걸까?"

북북!

모르겠다.

짜증에 머리를 긁은 석영은 소파에 깊게 등을 묻었다. 일어나자마자 머리를 굴리려니 돌아가나, 되레 골만 아프지. 게다가 배까지 고프다. 허기를 느껴 일어나려는데 띠링띠링 하며 톡이 들어왔다.

[김아영: 오빠빠빠!]
[김아영: 인남?]

본래의 이름으로 저장해 놓은 아영이다.

다섯 시도 안 됐는데 일어난 걸 보니 아주 부지런하다. 무시할까 하다가 '어' 하고 답장을 한 뒤 주방으로 가려는데 사과 폰 특유의 벨소리가 울린다. 힐끗 보니 역시 아영이다.

짧은 한숨을 쉰 뒤 전화를 받으니 바로 고막 테러가 일어났다.

—오빠!

"아……."

—오빠빠!

"아, 귀야! 야!"

—에헤헤! 오빠, 지금 뭐 해요?

'야!' 하고 소리를 치는데도 대놓고 무시하는 아영의 마이 페이스는 진짜 무시무시했다. 사람의 감정 따위는 가볍게 무시하는 게 아영의 트레이드마크이기도 해서 적응이 좀 됐으니 망정이지, 아니었으면 당장 전화를 끊었을 것이다.

"일어난 지 삼십 분도 안 됐는데 뭘 하고 있겠냐? 그냥 정신 차리는 중이지."

—아, 오빠 저혈압이죠? 어쨌든 집 주소 좀 불러봐요.

"집 주소?"

순간 고개가 삐딱하게 돌아가는 석영이다.

왜 얘가 집 주소를 달라고 하지?

이해가 안 갔다. 혈맹 란저씨와 란줌마는 정모를 하지 않았다. 그러니 서로 게임상에서는 친해도 실제로는 일면식도 없었다.

물론 석영만 그렇고 다른 혈원들은 알음알음 서로 만나기는 했다. 그런데 얘가 갑자기 집 주소를?

―네! 빨리! 차 막히기 전에 빨리 가게!

"왜 오는데?"

―아, 좀! 우리도 정리 좀 해야 할 거 아녜욧! 요상 망측한 일이 벌어졌는데 정보가 하나도 없으니 같은 상황인 우리 둘이라도 만나서 정리 좀 하자고요!

"다른 혈맹원도 있잖아? 너 서울 살지? 오빤 충주야. 지금 출발해도 한 시간 이상 걸릴 텐데?"

―찮아 찮아, 괜찮아! 노 프로블럼! 제 차 무지 좋아서 금방 감! 운전도 잘해서 더 금방 감! 진짜 농담 아님! 아, 새벽이라 더 금방 감! 그러니까 일단 주소부터!

"……"

잠깐 생각에 잠긴 석영은 나쁘지 않다는 판단을 내렸다.

확실히 지금 상황은 정리가 필요했다. 리얼 라니아, 노름, 텔레포트 신녀 등. 이건 절대로 대충 넘어갈 상황이 아니었다. 멘탈 보정, 분명 그게 없었으면 석영도 극도의 혼란을 겪었을 것이다. 실제로 인터넷에서 '리얼 유저'가 되지 못한 이들은 극한의 혼란에 빠져 허우적거리고 있었다.

"알았어. 톡으로 보낼게."

―오키!

뚝.

대답과 동시에 통화가 끊겼다.

"……."

뭐 이딴 애가…….

운석우 충돌 전에도 라니아 속 아영은 언제나 이랬다. 사람 성질을 긁는다 싶을 정도로 제멋대로 굴었다. 란저씨와 란줌마 혈맹원 평균 나이가 서른 이상이고 거의 대부분이 기혼자에 아이를 키우고 있는 입장이었기에 용서가 됐지, 아니면 바로 혈맹원끼리 싸움이 났을 것이다.

그리고 실제로 란저씨와 란줌마 혈맹에 들어오기 전 트러블로 서버 내에서도 유명하던 아영이다.

띠링.

또 톡이다.

[김아영: 아씨, 주소 쓰는 데 천년만년 걸려욧!]

'후우.'

그새를 못 참고 보채서 또 한숨을 내쉬곤 주소를 찍어 보내줬다. 그러고는 폰을 소파에 던져놓고 주방으로 갔다.

냉장고를 열어보니 식량은 많았다. 각종 식재료가 거의 다 있었다. 특히 대형 냉장고에는 냉동 고기도 많았다. 돈이야 많았고, 어차피 종말이니 먹을 것과 보관 용품에 돈을 아예 퍼부었기 때문이다. 찬장을 여니 캔도 수두룩하다. 창고에도 라면과 쌀 포대가 넘쳐났다.

잠시 뭘 먹을까 고민하다가 아영도 온다고 하니 대충 아침을 차리기로 결정했다.

쌀을 씻어 밥솥을 돌리고 간단한 국을 끓이기로 했다. 다 하고 나니 벌써 삼십 분이 훌쩍 지나갔다.

그사이 아영에게 톡이 또 와 있었는데 '곧 가염'이란 말과 함께 여주 휴게소에서 찍은 사진이 있다.

"헐."

벌써 여주?

서울에서 삼십 분 만에 여주까지?

200km 이상 밟았나 싶다. 아니면 실제는 차가 아니라 전용기라도 타고 오든가.

고개를 절레절레 젓고는 화장실로 가는 석영. 일단 그래도 아는 머리 긴 짐승이 온다고 하니 대충이라도 씻을 생각이다.

흠칫!

"아……"

문을 열었는데 신녀가 빤히 바라봤다.

꾸르륵.

동시에 아랫배에서 요란한 천둥이 쳤다.

슬그머니 아랫배에 손을 댔다.

"아, 썅……."

욕이 절로 나왔다.

하지만 어쩔 수 없었다. 간밤에 꾼 지독히 생생하나 눈을 뜨면 기억이 안 나는 괴상한 꿈 때문에 땀을 너무 흘려 몸이 너무 찝찝했다.

다행히 샤워 부스를 등지고 신녀가 서 있어서 샤워는 할 수 있었다. 씻고 밖으로 나와 대충 머리를 말리고 옷을 입고 나니 어느새 한 시간이 지나 있다.

그리고 아주 타이밍 좋게 빠앙빠앙, 하고 문밖에서 클랙슨 소리가 들렸다.

문을 열어보니 새빨간 스포츠카의 문을 열고 나오는 아영의 모습이 보인다. 힐끔 차를 보고 석영은 어떻게 30분 만에 여주 휴게소에서 아영이 사진을 찍을 수 있었는지 이해가 되었다.

둘은 초면이다. 뭔가 어색하게 인사를 건네려 했더니만.

"오빠, 배고파요! 밥 줘요!"

"안……."

현실 김아영과 게임 속 아잉오빠는 완전히 같은 사람이었다.

"잘 먹을게요!"

우걱우걱.

"……"

도착하자마자 '밥 줘요!'라고 당당히 외친 아영에게 석영은 정말 두 손 두 발 다 들었다. 마이 페이스 따위로는 이제 아영을 설명할 수 없을 것 같았다.

철이 없는 것도 아니다. 라니아상에서 가끔씩 아영이 보여주는 대화들은 놀라울 정도로 깊이가 있었으니까. 그래서 신기하기도 했지만.

"포기하자."

속마음이 불쑥 튀어나와 살짝 흠칫했지만 무시하고 수저를 드는 석영.

"우가여?"

"밥 먹어라. 입에 든 거 다 보인다."

더럽게 진짜.

그렇게 말했더니 다시 고개를 처박고 먹는 데 열중하는 아영. 네 숟갈 정도 떴나?

근데 벌써 다 먹고 빈 공기를 석영에게 척 내밀고 있다.

"밥은 좀 떠다 먹지?"

"아, 으에."

그랬더니 벌떡 일어나 밥솥으로 가는 아영이다. 아니, 보통 게임상에서 친했다고 하더라도 실제로 만나면 좀 서먹서먹하고 그래야 하는 거 아닌가? 그게 당연한 거 아닌가?

그런데 얜 그런 것도 없었다.

'심지어 아이돌 조상님 출신이······.'

게다가 신분도 범상치 않은 애였다.

보는 순간 알 수 있었다.

자신이 학창 시절 그 시대를 휩쓴 아이돌 출신이고, 지금도 배우로서 입지를 아주 단단히 다져놓은 여배우 김아영. 드라마 시청율은 거의 15% 이상 떨어진 적이 없고, 영화는 찍었다 하면 관객수 이삼백만은 기본으로 넘는 게 여배우 김아영의 파워다.

근데 그 여배우가 이 천방지축 마이 페이스 김아영이라는 사실이 그저 놀랍다. 선글라스도 안 끼고 대충 비비만 바른 얼굴이지만 빛이 난다.

혹시 착각할 가능성은?

석영도 지치고 피곤하면 드라마도 보고, 영화도 보고, 예능도 보면서 쉰다. 아니, 웬만한 것은 다 챙겨 본다. 그러니 모를 수가 없었다.

'근데 이것도 멘탈 보정 효과인가?'

그렇다면 좀 놀라야 하는데 신기하게도 그런 게 없었다. 그냥 '아, 얘가 그 여배우구나' 하는 정도가 끝이었다. 스스로도 놀라울 지경이다.

더불어 꿈으로 인한 긴장감과 두려움 등이 굉장히 많이 희석됐다. 저 암 캐릭터의 민폐에도 불구하고 스스로 놀라울 정도로 심장이 편히 뛰고 있었다.

석영이 한 그릇, 아영은 세 그릇이나 비우고 나서야 아침 식사가 끝났다.

식기를 싱크대에 처박고 대충 음료수로 입가심을 한 후 소파에 마주 보고 앉는 석영. 아영은 이미 세상 다 가진 표정과 자세로 널브러져 있다가 석영이 앞에 앉자 자세를 바로했다.

근데 처음으로 나오는 말을 들으니 역시 대화 준비는 안 되어 있었다.

"아, 졸려. 오빠, 자고 얘기할까요?"

"이걸 확 그냥."

"이힛, 농담, 농담. 아, 맞다. 일단 나 실험해 보고 싶은 게 있어요."

"뭐?"

"손 줘봐요."

"음?"

"아, 빨리!"

"왜 달라고 하는지 보통 이유부터 설명해야 되는 거 아니냐?"

"아, 쫌! 오빠는 그냥 나 같은 여신이 손 달라고 하면 그냥 주면 되는 거예요!"

그냥이 두 번이나 들어가는 억지에 석영의 얼굴에 썩소가 피어올랐지만 이 민폐녀, 아니, 암 유발녀에게 너무 금방 익숙해져 버렸다.

'내가 언제 항암제를 통째로 퍼 먹기라도 했던가?'

고개를 절레절레 저으며 손을 뻗었더니 아영이 손바닥까지 덥석 잡고는.

"파티!"

라고 외쳤다.

그리고 이유를 금방 알 수 있었다.

"어?"

리얼 라니아 유저 넘버 03 김아영 님이 당신에게 파티를 요청하셨습니다. 수락하시겠습니까? Y/N

이 정도면 대략 정신이 멍해진다고들 한다던데 석영이 딱 그랬다.

"떴죠? 떴죠?"

"어, 뜨긴 했다. 뭐냐, 이게? 우리가 아는 그 파티가 맞냐?"

"네! 어제 오빠 언니들이 알아냈어요. 이렇게 하면 둘이 같은 리얼 라니아에 접속된대요."

"허……."

그래?

그럼 또 얘기가 달라진다.

석영은 일단 'Y'에 손가락을 슬며시 가져다 댔다.

띠링. 파티가 생성되었습니다. 남은 파티 자리 3.

메시지가 눈앞에 잠시 떴다가 스르륵 안개처럼 흩어졌다. 진짜 너무 신기한 광경인데 이마저도 멘탈 보정의 효과로 그다지 큰 감흥으로는 오지 않았다.

"좋아, 좋아! 이제 정리 좀 해볼까요?"

"이제 사?"

"에헤, 시간은 많잖아요? 어차피 저 이제 일도 때려치울 거고."

"때려치운다고?"

"네. 근데 그건 나중에 얘기하고 일단 지구에 일어난 일 정리나 좀 해봐요."

"잠깐."

석영은 방에 들어가서 보드 판 하나를 들고 나왔다. 예전에 그냥 사놓은 건데 이렇게 중히 쓰일 날이 올 줄은 생각도 못했다.

보드 마카를 뽑아 든 석영이 잠깐 생각하다가 한 단어를 그렸다.

운석우 충돌.

아무리 생각해 봐도 이게 시작이다.

이 괴상한 현실이 벌어진 이유로는.

"역시 운석우 충돌이 문젤까요?"

아니꼽다는 듯 다리를 꼬고, 아니, 그냥 꼰 상태로 상체를 숙여 석영이 쓴 글자를 손끝으로 툭툭 치는 아영.

"아마 그렇겠지. 그게 아니면 이걸 설명할 길이 없어."

"그렇죠? 근데 운석우 충돌이면 그냥… 지구 멸망으로 이어진다고 그렇게 떠들어댔잖아요."

아영의 말이 맞다.

전 세계 모든 과학자가 이번 운석우 충돌은 지구를 산산조각 낼 거라고 했다. 왜냐하면 관측되는 운석우의 각 개체별

크기, 넓이, 속도, 예측 중량을 지구가 절대 감당할 수 없을 거라 했기 때문이다.

이건 고도로 발달한 과학기술로 검증까지 끝난 얘기였다. 말이 운석우지, 그냥 지구만 한 소행성이 날아와 지구와 정면충돌한 것과 같은 결과가 나올 거라 했다.

그 결과로 지구는 멸망이 아닌, 아예 파괴될 거라고 모든 과학자가 의견을 모았다. 정말 거의 모든 과학자가 그렇게 얘기했다.

그래서 지구는 이후 무시무시한 혼란의 도가니에 빠져들어 갔다. 펄펄 끓는 민심, 민중 봉기, 쿠데타까지 일어날 정도로 사회는 망가져 갔다. 거의 모든 국가에서 계엄령을 뛰어넘는 비상 전시 체제를 유지했을 정도이다.

곳곳에서 살인, 방화, 강도, 강간이 마구잡이로 일어나니 당연한 조치였다. 그나마 총기 소지가 불법인 대한민국은 상황이 나은 편이었다. 현 정권 수장이 연일 진정하길 외쳤고, 혹시 모를 희망을 외쳤으며, 강단 있게 군부를 이용해 반발 세력을 엄벌했기 때문이다.

하지만 그래도 대한민국도 패닉 상태이긴 했다. 사회 시스템 자체가 90% 이상 멈췄으니까. 그래도 그 10% 안에 통신망의 건재가 들어가 있다는 건 참 다행이었다.

어쨌든 운석은 그런 상황을 몰고 왔다.

"내가 과학자가 아니라 그것까지는 모르겠고, 어쨌든 운석우 충돌이 문제인 것만은 틀림없어 보인다."

"흠, 그럼 넘어가서, 두 번째는 역시 라니아겠죠?"

석영은 운석우 충돌이란 단어 밑에 또 다른 글자를 적었다.

리얼 라니아(real RAnia)

"그렇지. 리얼 라니아라고 했어. 현실감 있는 라니아 정도가 아니라 들어가 보니 아예 현실이더라."

"맞아요. 감촉이… 아으."

"감촉?"

"네. 아, 오빠는 원거리캐니 잘 모르겠구나. 전 근접캐잖아요. 그래서 들어가자마자 칼로 찌르고 베서 렙 업 했거든요. 다행히 멘탈 보정인가 뭔가 때문에 사냥에 큰 거부감은 없었는데… 감촉은 진짜 더러웠어요."

"아아……."

그랬지.

석영은 그냥 멀리서 타천 활로 다 조졌다. 그것도 거의 원샷 원 킬로. 빗나가지 않으면 두 발 이상을 쓴 적이 없었다.

그렇기 때문에 꿱꿱거리면서 템을 떨구고 죽는 놈들만 봤지 살아 있는 생물의 육체에 칼날을 쑤셔 박는 감촉은 느껴 본 적이 없었다.

반대로 아영이는 완전 초근접캐 기사다. 성격상 멀리서 쪼는 건 못 하겠다나 뭐라나. 그런 아영이라면 분명 달라붙어서 싸워야 했을 것이다. 어쨌든 그렇다면 여기서 하나 더 적을 게 생겼다.

완전한 현실.

그러자 불쑥 드는 생각.

"여기서 죽으면?"

현실에서도 죽나?

이건 생각해 본 적이 없었다.

왜?

게임이니까.

게임에서는 죽어도 그냥 마을에서 부활하니까.

"어? 오빠, 무슨 말이에요, 그게?"

"완전한 현실이잖아. 체감상 아주 확실하게. 그럼 게임 속에서 죽으면?"

"어어, 나 그런 건 생각 안 해봤는데? 에이, 그래도 설마요. 설마 현실에서 죽으려고요. 상식적으로 말이 안 되잖아요?"

"지금 우리 상황은 상식적으로 말이 되고?"

"아······."

아영의 표정이 심각해졌다.

그러더니 급하게 폰으로 인터넷을 뒤지지만 아쉽게도 아무것도 찾지 못했는지 금세 폰을 내려놓았다. 그래도 석영은 보드 판에 결국 그 단어를 적었다.

리얼 라니아 속 사망〈현실 속 사망?=판단 불가

아영의 표정이 확 구겨졌다.

"아, 오빠, 확실하지 않은 건 그냥 지워요!"

"확실하지 않다고 할 수 있어?"

석영의 되물음에 아영이 입술을 말아 물었다. 멘탈 보정 효과도 이번만큼은 막아주지 못했는지 아영의 표정은 자못 심각했다.

하지만 석영은 지우지 않았다. 대신 주제를 이어나갔다.

창고 아이템 현실 소환 가능.

그에 아영의 눈빛이 반짝했다.

석영은 일어나 노름에게 가서 철괴와 무기 강화 주문서를 꺼내 왔다.

"이건 철괴고, 이 두루마린 뭐예요?"

"뭐겠냐, 무기 강화 주문서지."

"헐, 대박!"

아영이 표정을 괴상하게 일그러뜨리고는 석영을 바라봤다. 그 시선에 석영이 뻘쭘해졌다. 자신이 봐도 운발만큼은 기가 막히니까.

"오빠 진짜 장난 아니다. 아니, 무슨 첫날 접속에 무강을 처드셨어요?"

"처드셨다니, 말본새하곤, 진짜."

"아니, 아무리 봐도 그렇잖아요? 첫날이면 조잘 섬 북섬이나 사냥했을 텐데, 거기서 이거 주는 애는 라이칸밖에 없잖아요? 아니, 잠깐. 라이칸 잡았어요?"

"……"

아, 이건 생각 못 했다.

라이칸 렙이 15다.

아영의 렙이 7이라고 했으니까 물약 빨면서 잡으면 못 잡을 것도 없다.

하지만 문제는 북섬 라이칸은 혼자 안 나온다는 것이다. 항상 하위 몹 늑대 인간 두셋을 끌고 나타난다.

즉, 다구리를 상대해야 하니 아직 아영은 당연히 무리다.

10렙을 찍어도 기사는 무리다.

하지만 석영은 쉽게 잡는다.

왜?

타천 활이 있으니까.

아영의 눈이 샐쭉하게 변했다.

"얘들 파티 몹이고 라이칸 한두 마리 잡아서는 떨어질 것도 아니니까 못해도 몇십 파티는 조졌을 거고, 약 빨고 잡는 것도 당연히 한계가 있을 거고. 오빠, 뭐예요? 몇 렙이에요? 어제 십 렙이라며? 사기 침?"

"……."

석영은 슬그머니 고개를 돌려 버렸다.

하지만 끝까지 물고 늘어진 아영에게 석영은 결국 털어놓을 수밖에 없었다. 전부 다 털어놓았다. 아주 클린하게.

물론 얘기해도 되는 타당한 이유가 석영에게도 있었다. 자신은 원거리 타입이다. 그러니 앞에서 몸빵할 탱커가 꼭 필요했다. 그걸 위해서 얘기한 거다.

파티가 된다고 했을 때부터 아영이에게는 말을 해야겠다고 생각했다. 얘가 이래봬도 입은 무거운 편이긴 하다. 아마 비밀 많고 사정 많은 연예계에서 구르고 굴러서 그런 거라 예상됐다.

그리고 결정적으로 석영은 혈맹 란저씨와 란줌마를 빼고

는 같이 파티 플레이를 해본 적이 한 번도 없었다.

다들 바쁘면?

그냥 혼자 솔플을 선택한 석영이다. 어쨌든 그런 마음 때문에 털어놓은 얘기에 아영의 표정이 가관이다.

"대박!"

"……."

"이 오빠, 운발 아예 미쳤네, 미쳤어."

"……."

"딴것도 아니고 타천 활이 버그로 딸려 와? 아냐, 그게 말이 됨?"

게임 속 채팅 말투로 어이없어하는 아영이다.

근데 되고 자시고 이건 석영의 잘못이 아니다. 그냥 운석 충돌 순간에, 세상이 빛으로 번쩍이는 그때 질렀다.

그래서 딸려 왔다. 무려 +5 타락 천사의 활이. 대행성 파괴용 발리스타라 불리기도 하던 놈이 끌려온 게 석영의 잘못은 아니었다.

암, 결단코.

"버그다. 신고해야지. 이건 신고해야 돼."

"큿, 좀 진정해라."

"신고할 거야! 혹시 알아, 보상 쩔게 줄지? 아, 잠깐. 근데 어따 신고하지? 애초에 고객 센터가 있긴 하나?"

"그런 게 있겠냐? 불친절의 극치더만."

"그렇죠? 없겠죠? 와, 속 터지네. 나도 그때 지를걸."

"너도 질렀어?"

"아니. 난 간덩이가 작아서 못 질렀지요, 으으."

"구라는……"

아영이 간덩이가 작다고?

절대 안 작다. 전에도 말했지만 멀리서 활이나 쏘는 건 비겁하다고 기사를 하는 아영이다.

그리고 전투력도 발군이다. 스턴에 +10 나이트메어의 검으로 조지면 웬만한 기사는 스턴 풀리기도 전에 골로 간다. 원래 아무리 십검이라도 그건 불가능하지만 나메검은 된다.

고유 옵션에 방어력 무시라는 어마어마한 놈이 붙어 있어서 10 정도 되면 중형차 한 대값이 나오는 놈이니까.

"쨌든, 이걸로 열렙 했다는 거죠?"

"웅, 그렇지. 웬만하면 다 한 방이야."

"활은 어떻게 써요? 게임은 그냥 화살표 당기면 되지만 리얼은 그런 게 아닐 거 아녜요."

"타깃팅이 되던데? 직감으로 지금 놓으면 맞는다, 이런 방식으로."

"오호, 그건 좋네."

석영의 사냥 방식은 단순했다. 슬금슬금 움직여서 거리를 좁힌 다음 멀리서 그냥 한 발 쏘면 된다. 난쟁이 패밀리나 오크, 라이칸 패밀리도 전부 그렇게 잡았다. 애초에 두 방을 못 버티니 어그로를 끌어도 오기 전에 다 잡아버렸다.

게다가 저 렘 몹이라 그런지 회피도 없었다.

"오빠랑 그럼 사냥 같이 다녀야겠네. 내가 몸빵하고 오빠가 뒤에서 조지고."

"야, 넌 말투가 왜 그러냐? 너, 현실에서도 이래?"

피식.

그러자 이번엔 아영이 석영을 비웃었다.

그리고 반말이 갑자기 존댓말로 돌아왔다. 그래봐야 늦어도 한참 늦었다.

"미쳤어요? 나 김아영이에요, 김아영. 아이돌 출신이지만 연기력 인정받은 여배우 김아영!"

"아니까 묻는 거야. 불쑥 안 나가냐?"

"가끔? 그래도 현실과 게임을 혼동하고 살진 않았어요."

다시 우아하게 학처럼 다리를 바꿔 꼰 김아영이 무강, 무기 강화 주문서를 가만히 들여다봤다. 아무런 설명도 없는 두루마리는 롤 부분에 '소유자 유저 넘버 07 정석영'이라고만 적혀 있었다.

어떻게 써야 되는지는 당연히 감이 잡힌다.

아마 리얼 라니아 속에서 얻은 무기에 쓸 수 있을 것이다.

하지만 여기서 조금 문제가 생겼다.

마지막에 보드 판에 써놓은 창고 아이템 현실 소환 가능, 이 문구다.

게임 속에서 쓸 수 있는 물건이 현실까지 튀어나왔다?

왜? 그냥 게임 속에서만 쓸 건데?

"오빠, 나 갑자기 궁금증이 생겼는데, 나 이거 한 장만 주면 안 돼요?"

"왜?"

주는 거야 어렵지 않다.

이 한 장은 귀중하다. 초반에는 물론.

하지만 석영도 생각하는 부분이 있어서 이 무강 한 장쯤이야 아영에게 양도할 생각은 있었다. 아니, 두 장 전부.

하지만 보니 아영은 자신과 같은 생각 때문에 무강을 달라고 하는 건 아닌 것 같았다. 말투도 일 분도 채 지나기 전에 원상태로 돌아갔다.

"그냥 좀 줘봐. 시켜보고 싶은, 아니, 해보고 싶은 게 있어."

"아니, 그러니까 그게 뭐냐고?"

"아, 쫌! 남자가 뭔 궁금증이 그리 많아? 좀 달라고 하면 군말 없이 주면 안 돼?"

무슨 말도 안 되는 억지인지 어처구니가 없어 얼빠진 표정이 되어버렸다. 그런 얼빠진 표정으로 빤히 쳐다보자 '빨리! 빨리!'라고 연신 외쳐댔다. 순간 짜증이 올라온 석영이 얼굴을 일그러뜨렸다.

"아, 현실에서 한번 써보게!"

"현실에서? 지금? 여기서?"

"어!"

"뭐에?"

쭉!

아영이 손을 번쩍 치켜들었다.

그러더니 다른 팔로 치켜든 팔을 가리켰다. 저 정도는 석영도 이해할 수 있다.

"팔에 쓴다고?"

"응. 기사는 몸이 무기잖아? 몸이 방어구고. 갑옷이랑 무기도 있지만… 어째 될 것 같단 말이지."

"미쳤냐?"

얘가 드디어 정신이 나갔나 보다. 리얼 라니아가 생겼다고 진짜 현실이 게임이 된 줄 안다. 정신 나간 또라이가 하나 태어난 걸 보고 석영은 한숨을 내쉬었다.

"아, 줘봐! 안 되면 어차피 아무 일도 안 일어날 거 아냐!"

"그거야 그렇지만……."

그래, 그렇겠지.

라니아에서도 어차피 바를 수 없는 종류의 아이템에는 사용이 안 됐다. 무강은 당연히 무기에만, 방어구 강화 주문서는 오직 방어구에만 사용 가능하다. 아영이의 저 똘 짓이 실패해도 아무 일도 안 일어날 것이다. 일어나 봐야 게임상으로 십만 정도 날아간 것밖에 안 된다.

유저에게 팔면 더 비싸겠지만, 거래가 가능해지려면 한참 멀었다.

거래는 쉬웠다. 그냥 건네주자 넘어갔다.

순간 악용 가능성이 굉장히 높은 거래 시스템이란 걸 확인한 석영이다.

아영은 무강을 손에 쥐고 어떻게 써야 되는지 쿵쿵거리다가 이내 주르륵 펼치더니 찢어버렸다.

촤아악!

아주 경쾌한 소리를 내고 찢겨 나가는 주문서. 그리고 외쳤다.

"강화, 오른팔!"

"……"

아, 왜 쪽팔림은 내 몫일까 하고 생각하는 와중에 전혀 상상치도 못한 일이 벌어졌다.

쿼리리리리링!

익숙한 악기 소리가 귀에 들렸다.

그리고 푸르스름한 빛이 찢어진 주문서에서 흘러나왔다. 그러더니 스타더스트, 별 가루처럼 황홀하게 빛나더니 아영의 손으로 흡수됐다.

그 순간은 극히 짧았다. 눈 한두 번 깜빡일 정도?

초로 따지면 오 초? 육 초? 딱 그 정도였다.

"오, 오빠, 봤어요?"

"어, 보긴 봤는데… 진짜냐? 이게 되나? 이걸 지금 믿어야 되냐?"

"아, 아하하……."

저도 어이가 없는지 어처구니없는 웃음을 흘리고 있다.

이게 대체 뭔 일이다냐?

이어 팔을 붕붕 돌리는 아영인데, 인상을 찌푸리고 있었다.

"아, 오빠, 이거 이상해요."

"왜?"

"제가 아이돌 출신이라 밸런스도 잘 맞추고 민감하기도 하거든요?"

"근데?"

"왼팔이 이상해요. 아니, 무거운 건가?"

"뭔… 개소리야, 그게?"

"진짜라니까요? 무거워요… 왼팔이……."

"……."

팔이 강화돼서? 아니, 근력이?

애초에 그런다고 한쪽 팔만 더 무겁고 다른 팔은 가벼워진 다고?

석영의 머리가 그리 좋지 못해 해부학적 지식도, 육체에 대한 지식도 거의 없지만 어쩐지 그런 일은 불가능할 거란 생각이 들었다.

"오빠, 한 장 더 내봐요. 밸런스 좀 맞추게."

"장난하냐?"

"아, 줘봐요! 왼팔 무겁다니까!"

"아, 적당히 땡깡 부려라. 초면에 뭔 짓이냐, 이게?"

"초면은 무슨, 우리가 알고 지낸 게 몇 년인데."

"한 번도 안 봤잖아? 그리고 이런 모습 네 팬들도 아냐?"

"팬 얘기가 왜 나와? 그리고 나 이제 가수고 배우고 다 때려치울 거니까 상관없음!"

이 정도면 가히 꼬리 불붙은 암망아지 따위는 가볍게 찜쪄 먹고도 남겠다.

발암 덩어리.

김아영의 정체였다.

물론 그리 밉지는 않지만 이런 애들은 피하는 게 상책, 계속 상대하는 건 정말 하책인데 왜 상황이 이렇게 됐는지 모르겠다.

그리고 원래 석영은 이렇게 말이 많은 편도 아니었고 여성에게 내성이 있는 것도 아니었다.

예전에 아영이랑 게임할 때도 딱 필요한 말만 했다. 그런 석영이 꼬박꼬박 아영의 말에 대꾸를 하고 있는 이 상황 자체가 이상한 일이었다. 석영은 어렵지 않게 그 이유를 알 수 있었다.

처음에 뇌리에 꽉 박힌 시스템 메시지.

멘탈 보정.

보드 판에 다시 그 넉 자를 북북 적어 넣었다.

'이것도 멘탈 보정의 효과겠지? 이건 지랄 같네, 진짜.'

사회 부적응자 아웃사이더를 정상인으로 돌려놓는 효과를 보이고 있었다.

그래서 지금 곤란했다. 매우 난감한 상황이 됐다.

"일단 좀 앉아서 기다려. 효과부터 봐야지."

석영은 주방으로 가서 생호두 몇 개와 사과 하나를 가져왔다.

딱 봐도 아영의 팔은 강화가 된 모습이다. 그건 부정할 수 없는 사실이었다. 그럼 효과를 봐야 하지 않겠나? 보통 여인이 사과를 맨손으로 쪼갤 수 있을까?

가능하다.

스포츠로 단련된 여성이라면.

그리고 무도를 제대로 익힌 여성이라면 불가능할 게 없다.

하지만 아영은?

아이돌 출신 가수이자 여배우이다.

사과를 쪼개기는 힘들 거란 게 석영의 생각이다.

"쪼개……."

'봐'란 말이 끝나기가 무섭게 쫙, 하고 사과를 쪼개 버리고 뒤이어 오른손으로 반쪽짜리 사과를 쥐고 즙을 짜버린 아영 덕분에 석영은 그대로 흠칫 굳어버리고 말았다. 반대로 아영은 석영을 보며 실실 쪼개기 시작했다.

똥인지 장인지 굳이 찍어 먹어본 아영 덕분에 이게 무기 강화 주문서가 아니라 초인(超人) 진화 주문서나 다름없다는 사실을 알아버렸다.

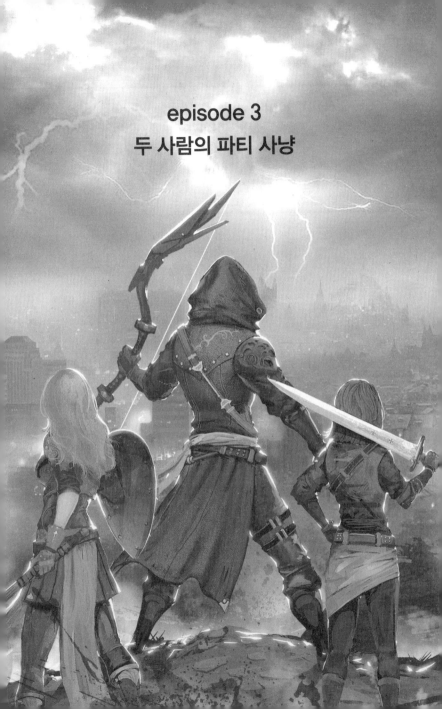

episode 3
두 사람의 파티 사냥

결국 무강을 한 장 더 아영에게 건넸고, 아영은 그걸 왼팔에 써먹었다. 그러면서 알 수 있게 된 게 있다면 리얼 라니아에서 얻는 모든 게 현실에서 사용 가능 하다는 점이다.

인간의 신체에도 사용 가능 하니 이건 다른 무생물에도 가능하다는 결론이 나온다. 강화 주문서를 다 써먹어서 실험은 못 해봤지만.

식칼이나 총, 자동차 같은 생명이 없는 물건이나 개나 고양이 같은 생명체까지 광범위하게 사용이 가능하다는 결론이 나왔다.

하지만 여기서 알아야 할 점은 이게 부위별로 적용된다는 점이다.

두 장밖에 없어서 실험은 못 했지만 한 장에 신체 한 부위가 강화된다. 그렇다면 인간의 육체를 몇 등분으로 나눠서 전체적으로 강화가 가능할까 하는 의문이 든다. 석영과 아영은 잠시의 토론 끝에 여섯 부위로 나눴다.

팔 2, 다리 2, 몸통, 머리, 이렇게 총 여섯 부위.

그렇다면 차는? 칼은? 총은? 이건 정말 경우의 수가 너무 많았다.

하지만 둘이 당장 이걸 실험할 수도 없었다.

대략 정리를 마친 두 사람은 거실 소파에 널브러졌다.

"오빠."

"응."

멍한 아영이의 부름에 석영도 멍한 목소리로 대답했다.

"신세계네요."

"응."

석영은 그 말에 공감했다.

신세계.

운석우 충돌 후 세상이 변했다. 그것도 완전 급변했다. 기존 지구의 시스템을 아예 송두리째 바꿔 버렸다. 지금 이 순간에도 인터넷은 가히 폭동 지경에 이르고 있었다.

특히 세계 뉴스를 보면 정말 가관도 아니었다. 특하나 아프리카 같은 곳은 현재도 폭동 수준의 범죄가 일어나고 있었다.

"오빠."

"왜."

"단순히 리얼 라니아가 생긴 걸로 운석우 충돌의 영향은 끝난 걸까요?"

"글쎄… 그건 아닐 거라 본다."

"그죠. 저도 리얼 라니아가 시작인 것 같아요."

"그 말에는 격하게 동감한다."

석영도 느끼고 있었다.

리얼 라니아가 충돌 영향의 끝이 아닌 시작이란 느낌이 너무나 강렬하게 들었다. 변화의 시작, 새로운 세계로 이제 첫걸음을 뗀 느낌이다.

그런데 그게 찬란한 신세계로 나아갈 첫발이 될지 아포칼립스로 향하는 첫걸음일지 그게 두려웠다.

온라인 게임 라니아.

석영이 충돌 전까지 플레이하던, 전 세계에서 가장 많은 유저를 보유했던 게임.

리얼 라니아.

그런 라니아를 기반으로 한 극한 현실 게임. 가상현실인지

현실인지는 한 번밖에 접속을 안 해봐서 이거다, 하고 정의 내릴 수는 없지만 하나는 알 수 있었다. 위험하다. 리얼 라니 아에서의 게임 오버가 현실에 어떻게 반영될지 그게 두려웠다.

게다가 분명 지능은 떨어져 보였어도 유생물체인 몬스터가 존재했다. 그런 몬스터를 죽였는데도 아무런 죄책감도 들지 않게 하는 멘탈 보정도 두려웠다.

이게 나중에 현실의 다른 생물체에도 적용될까 봐.

그리고 강화 주문서의 경우도 그렇다. 실제 아영은 사과도 못 쪼갠다고 했다. 건강하긴 해도 악력은 그만큼이 아니라고 했는데 단 한 장씩 사용한 걸로 사과를 반으로 쪼개고 악력 으로 즙을 낼 정도로 아영의 팔은 강화되어 버렸다.

근데 그걸 단순히 강화라고 할 수 있을까?

두 사람이 내린 결론은 강화 주문서는 무기든 갑옷이든 결 국 인간을 초인으로 만들 수 있다는 점이었다.

라니아는 무기는 기본 6까지 강화가 가능하다. 방어는 4. 그럼 저렇게 전체 부위에 주문서를 처바르면?

장담하건대 100미터를 오 초 안에 뛰고 차를 집어 던질 수 있는 초인이 탄생할 것이다. 거기다 라니아 속 물품으로 언젠가 나올 대장 기술로 무기를 만들고 방어구를 만들어 강 화한 다음 입게 되면?

총알은 그냥 무시할 것이고 미사일도 버틸 정도의 방어력을 보유한 다음 일개 사단급 병력도 단신으로 궤멸시킬 힘을 얻게 될 것이다. 그건 유추가 아니라 그냥 봐도 답이 나온다. +1 강화가 두 배 이상 근력을 올려 버렸으니 말이다.

벌떡!

아영이 갑자기 소파에서 일어나더니 화장실로 달려갔다. 작은 볼일을 보는구나 하는 생각에 신경을 끄려는데 안에서 들리는 '접속!'이라는 외침에 정신이 번쩍 들어왔다.

"야!"

파티를 맺은 상태라서 그런가?

아영은 텔레포트 신녀를 통해 하얀빛에 휩싸이고 있었다. 그러더니 빛이 사라질 때쯤 아영도 사라지고 없었다.

"하……."

하여간 대책 없이 뛰어드는 건 예나 지금이나 변한 게 없었다. 아니, 지금이 훨씬 심하다.

예전에는 그래도 게임상이었다. 새로운 에피소드 업데이트, 혹은 사냥터 업데이트가 되면 조사도 안 하고 그냥 무작정 들어가고 본다. 그게 아영이 스타일이다. 석영도 자리에서 일어났다. 파티를 맺으면 한 공간에 접속된다고 했으니까.

신녀에게 가서 손끝으로 툭 터치하니 '접속하시겠습니까?

Y/N', 변함없이 이 메시지가 뜬다. 잠깐 망설이다가 Y를 누르자 세상이 하얗게 변했다.

*　　　*　　　*

일주일, 아영이 집으로 찾아오고 나서 일주일이 지났다. 아영은 당연히 집으로 돌아갔지만 파티는 유지됐다. 직접 누구 하나가 끊지 않는 이상 거리는 문제가 되지 않는다는 뜻이다.

그래서 둘은 시간을 맞춰 하루 한 번씩 꼭 사냥을 같이했다. 당연히 오늘도 마찬가지였다.

"오빠! 한 무더기 더 간다!"

"아, 좀 쉬었다가 하자!"

"쉬는 서서 싸는 게 쉬고, 지금은 열렙이라고!"

아, 저 망아지 같은 게…….

생각할 시간은 잠깐뿐이었다.

그리고 다가오는 좀비, 구울, 해골, 해골 궁수에 무자비한 저격을 가했다. 인공지능이 달리는지 직선으로 달려오니 그냥 타깃팅, 샷, 타깃팅, 샷. 그렇게 열 마리가 넘는 몹이 돈을 떨구고 증발했다.

"으흥, 으흐흥."

신난 듯한 콧소리를 흘리면서 돈과 잡템을 인벤토리에 주워 담는 아영을 보며 석영은 고개를 절레절레 저었다.

일주일간 친해졌더니 서른 넘은 노처녀의 섹드립이 안 터지는 날이 없었다. 이제는 진짜 무슨 의남매처럼 친해졌다.

그렇게 사이가 훨씬 깊어진(?) 아영과 현재 사냥하는 곳은 조잘 섬 서쪽 던전이었다.

현재 둘의 레벨은 19다. 10까지는 금방 가더니 15까지는 그럭저럭, 20까지는 하루 종일 사냥해도 1 업이 힘들었다.

조잘 섬 전체를 뒤지고 다녔지만 이곳보다 효율이 좋은 곳은 없었다.

사냥 방식은 간단했다. 일단은 안전을 생각해서 발이 느린 좀비, 구울, 해골, 해골 궁수 위주로 잡고 있었다. 해골 궁수의 샷쯤은 준비 자세를 보면서 알아서 피했다. 못 막을 것 같으면 눈치 빠른 아영이 사각 방패로 아주 대차게 막아주었고.

남섬으로는 내려가지 않았다.

거미 새끼들이 아주 짜증 났다. 이놈들은 빨랐다.

그리고 괴상망측한 이동을 선보였다. 아영이가 툭 쳐서 어그로를 끌면 쫓아오긴 하는데 지그재그로 이상하게 달려왔다.

그래서 사격이 빗나갔고, 그 이후 남섬은 아예 가지 않았다. 때문에 경험치가 별로더라도 던전에서 몰이사냥만 하고 있었다. 여기도 저렙 던전이지만 그냥 물량 승부다. 타천 활이 없었으면 절대 못 할 짓이었다.

"슬슬 마을로 갈까요? 인벤토리도 다 차가고 시간 보니 이제 해질 때네요."

"그냐? 그러자."

게임상이라도 해가 지면 언데드는 강해진다.

라니아 유저라면 모를 리 없는 상식이다.

석영은 고개를 끄덕이고 인벤에서 귀환 주문서를 꺼내 북 찢었다. 그리고 눈을 감았다.

귀환 주문서를 찢으면 새하얀빛이 터지는데 이게 상당히 눈이 아팠다. 그러니 차라리 눈을 감는 거다. 잠깐 감았다가 뜨면 마을이니까.

마을로 돌아온 석영과 아영은 각자 개인 정비를 했다. 마을은 어차피 코딱지만 하고, 중간의 분수를 기점으로 원형으로 상점들이 들어서 있으니 서로 찾을 일도 없었다. 먼저 끝내고 분수에서 기다리면 되었다.

석영은 사실 개인 정비라고 해봐야 할 게 별로 없었다.

지금까지 아이템에 변화가 하나도 없었다. 화살을 살 필요도 없었다. 어차피 타천 활은 블랙미스릴 화살이 아닌 이상 기본 무형 화살보다 대미지가 높은 화살도 없었다. 그러니 아영이 가서 싹 정리하고 돈이나 분배받으면 사실 끝난다.

한참을 기다리자 아영이 나왔다.

그런데 못 보던 게 보였다. 등 뒤로 하얀 망토 하나가 펄럭이고 있었다.

"보망 샀어?"

"네. 얘가 그래도 초반엔 효율이 좋잖아요?"

"그래, 잘 샀다."

석영은 고개를 끄덕였다.

보호 망토, 일명 보망으로 불리는 놈으로 초반엔 방어를 올려주는 아이템 중 가히 갑이다. 그 옛날 국민 장비 중 하나로 요망, 마망과 함께 삼두마차로 불렸다. 마법 방어를 빼면 초반엔 올 물리 방어에 투자하니 보망보다 좋은 것도 없었다.

"검은?"

"일단 이거 쓰게요. 언데드 추타도 있고 초반은 쓸 만하잖아요?"

"그렇긴 하지."

석영은 아영의 손끝에서 빙글빙글 돌아가고 있는 은백색 검을 바라봤다. 확실히 나쁜 편은 아니다. 라니아 게임 초반 검 중 언데드 위주로 사냥할 거면 저놈만 한 것도 없었다. 이름도 아주 심플한 은장검.

원래는 초반에 구현된 아이템이 아닌데 어쩐 일인지 구울이 떡하니 떨궜다. 당연히 바로 아영이 줘버렸다. 자신이야 어차피 원거리 궁수이고 근거리는 아영의 몫이었으니까.

게다가 소득도 있었다. 5렙 간 몰이사냥 중 구울이 무기 강화 주문서를 또 두 장이나 드랍했다. 대박도 이런 대박이 있는지, 참······.

사이좋게 한 장씩 나눠 가졌고, 창고에 처박아놓은 상태였다.

아영이 옆에 앉아 발을 통통거렸다. 여기서는 애초에 회복 자체가 불가능하다. 음식물도 없고 물조차도 없었다.

그래서 갈증은 그냥 약물로 때우고 있었다. 다행히 맛은 나쁘지 않았다.

물약 하나를 뜯어 석영에게 건네고는 자기도 하나 따서 쭉 들이켜는 아영. 시원하게 원 샷을 하고는 떨어지는 석양을 보며 불쑥 물었다.

"그런데 15렙이면 원래 캐릭터마다 따로 퀘스트가 있지 않아요? 아이템 주는."

"어, 그럴걸."

"쥐렝 찾아볼까요?"

"지금?"

"뭐, 슬슬 오늘 사냥 끝난 것 같으니 퀘스트 받을 수 있는지 확인하고 리스하죠?"

"그러자."

군말 없이 일어나서 엉덩이를 툭툭 털고 동문 쪽으로 이동했다. 남문으로 내려가도 되지만 거긴 숲을 뚫고 가야 된다.

그러다 보면 거미 새끼들도 만날 수 있고. 그러니 동문으로 나가 해변 길을 따라가면 좀 멀어도 아주 편히 갈 수 있었다.

근데 문밖을 나서는 순간, 일주일 넘게 한 번도 못 본 광경이 보였다.

"어라? 배가 오네요? 배? 배 맞죠, 저거?"

"그래, 맞는데… 일단 나가지 말아봐."

저 멀리 모래사장 너머 수평선에서 분명 범선 한 척이 보이고 있었다.

리얼 라니아에 접속한 이후 한 번도 보지 못했다. 석양 구경한답시고 여기서 줄곧 있을 때도 범선은 본 적이 없었다.

순간 석영의 머릿속에 벼락처럼 스쳐가는 게 있었다.

"흑기사 대장이다."

초기 조잘 섬 필드 보스 흑기사 대장이 분명했다.

역시 범선이 선착장에 도착하자 시꺼먼 흑기사들이 우르

르 내리기 시작했다.

그리고 가장 마지막에 뒤뚱뒤뚱 내린 시꺼먼 몹은 흑기사 대장이었다.

잡자. 저건 무조건 잡아야 돼.

본능이 속삭여 왔다.

운석우 충돌 전. 라니아에서는 흑기사 대장은 절대 초보가 잡을 수 없었다. 고렙 유저들이 법사의 대미지 반감 마법을 받고 달라붙어 조져야 잡을 수 있는 게 흑기사 대장이었다.

하지만 석영은 기억하고 있었다. 라니아 서비스 초기 흑기사 대장은 결코 강하지 않았다. 레벨도 고작 20대 정도였다.

따로 마법도 없었고 할 줄 아는 거라곤 물리 타격밖에 없었다.

그래서 조잘 섬 북섬에서 놀던 이들이라면 간간이 선착장으로 가서 흑기사가 리젠됐나 확인하곤 했다. 강하지도 않으면서 쏠쏠하게 아이템을 줬기 때문이다. 그러다 아주 가끔 초대박 템을 떨구기도 했고.

당연히 석영의 마음은 사냥으로 결정됐다.

"지금 피로도 어때?"

"피로도? 좀 무겁긴 한데 사냥에 지장 있을 정돈 아니야.

왜? 저것들 잡게?"

"응. 그냥 두긴 아깝잖아? 아이템도 쏠쏠하게 주는 놈들인데."

"괜찮겠어? 그래도 필드 보스잖아. 그리고 아직 게임 내 사망이 어떤 결과를 가져올지 확인도 안 됐는데……."

오랜만에 아영이 좀 빼는 모습을 보인다 싶은 순간, 그녀의 입가에 미소가 번지기 시작했다.

"그럼 내가 첫 번째로 확인하면 되겠네?"

그렇게 말하더니 눈빛까지 반짝인다.

초롱초롱한 게 아주 별 가루라도 쏟을 기세다.

석영의 생각에 아영은 좀 미쳐 있는 게 분명했다. 오랜 연예계 생활이 문제였든, 아니면 선천적으로 미쳤든 제정신은 분명히 아니었다.

"그 정도로 무리해서 잡을 생각은 없다. 저놈들, 어차피 서비스 초기에는 별로 세지도 않았어. 그게 지금도 적용된다면… 나 혼자 잡아도 돼."

"어허! 독식은 허락 못 하셈!"

"독식이 아니라 위험할까 봐 그렇지."

"그래도 허락 못 하셈!"

아영은 이제야 대장을 중심으로 진형을 이루고 어슬렁어슬렁 움직이기 시작하는 몹들을 바라보며 단호하게 외쳤다. 그러더니 혀로 입술까지 할짝거린다.

확실하다. 애는 전생에 분명 지독히 호전적인 여전사였을 것이다.

실제로 아영이가 호칭으로 달고 다닌 게 전투 민족이기도 했다.

전투 민족.

아잉오빠.

하지만 일단 석영은 보스 설계를 시작했다. 지금 당장 문제는 저놈들을 피로도가 올라오기 전에 잡는 것이지 아영의 전생이나 태생이 먼저가 아니었다.

한 가지 반짝이는 생각이 들었다.

"귀환 줌 몇 장이나 있어?"

"열 장 정도?"

"음, 충분해. 그럼 라니아 시스템상 전투 중 귀환이 가능하겠지?"

"아마… 도? 아아, 알겠다. 내가 어그로 끌고 가다 배를 타라고? 오빠 뒤에서 저격하고?"

"그렇지. 많이 버텨야 두 방 이상일 거야. 그렇게 다섯 번이면 쫄따구들은 다 잡고 대장 잡을 수 있을 것 같은데, 어때?"

"어떻긴, 아주 좋지. 흐흥."

석영의 설계는 간단하다. 일단 선착장이 마을과 거리가 얼마 안 된다. 그러니 아영이 가서 어그로를 끌고 열심히 튄다.

그동안 석영은 제일 후미에 있는 놈을 하나 잡아서 저격하고 아영이 아슬아슬하면 같이 마을로 튀었다가 다시 뛰쳐나와 어그로를 끈다.

라니아의 어그로 방식은 간단했다. 광역 마법 같은 경우는 그 하나에게 어그로가 고정되지만, 개인 딜을 넣을 시에는 가장 강한 이에게 도로 튄다.

이 경우 석영은 한 놈씩만 조질 거니까 다른 놈들에겐 어그로를 안 끌게 된다. 게다가 마을로 둘이 동시에 튀면?

어그로는 사라진다. 그럼 초기 상태로 다시 돌아와 같은 방식으로 사냥하면 되는 것이다.

최대한 안전하게 잡기 위한 설계였다.

이게 먹힐지 안 먹힐지는 시도해 보기 전엔 모른다.

하지만 라니아의 시스템을 그래도 가졌다면 분명 먹힐 거라 생각했다.

"물약 점검해. 신속 물약 빨고 달리는 거 잊지 말고."

"아, 오빠, 내가 무슨 초본 줄 알아? 왜 이래? 나 라니아에서 전투 민족이라 불리던 아잉오빠야!"

"그래, 너 아잉오빠 거 아니까 그때처럼만 하라고."

"맡겨두라고! 흐흥!"

잽싸게 장비를 점검하다 말고 손을 쭉 뻗는다.

"왜?"

"물약 열 개만 줘봐."

"그래."

열 개쯤이야.

빠르게 건네주고 나니 아영이 사각 방패를 앞세우고 시원하게 신속 물약을 들이켰다. 잠시간 아영이의 몸에 초록빛 기운이 감돌더니 청소기에 빨려 들어가는 것처럼 몸으로 흡수됐다. 아영인 거기서 끝내지 않았다.

"흐흥! 이럴 때를 위해 이걸 사놨지!"

짠, 하고 다시 손에 쥔 것은 보라색 물약이었다.

저 물약에 대한 정의를 내리자면 근접 캐릭터들의 이단 가속 물약 정도가 딱 알맞다. 공격, 이동속도 전부 올려주는 물약으로 기사의 필수 물약이다. 삼단 가속 물약도 있지만 그건 이벤트 아이템으로밖에 안 풀리니 이걸로 만족해야 했다.

준비성 좋은 아영이의 센스에 역시 전투 민족답다는 생각을 했을 때 아영이 물약을 원 샷 하고는 석영을 봤다.

두 물약의 제한 시간은 일단 가속이 십 분, 이단 가속이 오 분이다. 지금 바로 시작해야 했다.

"고!"

무브, 무브!

커다란 외침과 함께 사각 방패와 은장검을 앞세운 아영이 뛰쳐나갔다. 그 속도가 가히 웬만한 성인 프로 단거리 육상 선수의 속도에 버금갔다. 지면이 터져 나가는 게 아닐까 싶을 정도로 흙이 팍팍 튀었다.

근거리에 들어간 아영이의 커다란 외침이 들렸다.

"다 덤벼! 이 좆밥 새끼들아!"

'아이고……'

아이돌 출신이자 현직 여배우가 참 무시무시한 어휘를 구사한다.

―크오! 미개한 피조물 따위가!

쩌렁쩌렁한 대장의 외침이 터져 나왔다.

똑같았다.

초기 라니아 흑기사 대장이 처음 공격받았을 때 떠오르는 멘트와 하나도 다를 게 없어서 오히려 안심이 됐다. 혹여나 업데이트된 이후의 흑기사 대장의 멘트, '인간 주제에 감히 나에게 대적하려 들다니, 가소롭구나!' 하던 멘트가 안 떠서 다행이었다. 만약 떴다면 당장 아영이에게 배를 타라고 소리 쳤을 것이다.

물론 그런다고 아영이 그 말을 들을지는 의문이지만.

어쨌든 아영은 어그로를 끄는 즉시 몸을 돌려 정반대 방향으로 뛰기 시작했다. 흑기사들은 덩치도 크고 중압감도 제법 있었지만 가속 효과는 보이지 않았다.

총 여섯 마리가 전부 석영을 등졌을 때, 망설임 없이 땅을 박찼다. 빠르게 울타리를 따라 뛰었더니 금방 뒤를 잡을 수 있었다.

"흡!"

어느새 이펙트와 함께 생성된 +5 타천 활이 손에 쥐어져 있었고, 그걸 망설임 없이 들어 가장 뒤에 있는 놈의 등을 겨눴다.

흔들리는 초점. 감각적으로 됐다는 신호가 뇌리로 찾아올 때까지 석영은 계속 움직였다. 열 발자국 정도 움직였을 때 신호가 왔다. 석영은 팽팽하게 당겨놓은 시위를 놨다.

퉁!

새까만 기류에 휩싸인 화살 한 대가 눈으로 좇기도 벅찬 속도로 날아가 타깃의 등에 꽂혔다.

—꾸엑!

돼지 멱따는 소리와 비슷한 굉음이 울리더니 놈이 움찔하며 멈췄다. 아영이 어그로는 끌었으나 대미지는 넣지 않아 바로 석영에게 어그로가 튄 것이다.

하지만 놈이 돌아보는 순간, 이미 석영은 두 번째 화살을 쐈다.

퉁!

―꾸엑!

같은 소리.

하지만 놈이 부르르 떠는 게 보인다. 두 방에 흑기사가 죽은 것이다.

석영의 예상대로였다. 흑기사의 몹은 현재 레벨 10도 안 넘는다. 타천 활의 두 방을 견딜 수 있을 리가 만무했다.

"아영아!"

"오키!"

부욱! 부욱!

둘이 동시에 귀환 주문서를 꺼내 찢었다. 마을로 돌아온 아영은 즉시 문으로 달렸다. 다시 바로 어그로를 끌기 위함이다. 말 안 해도 자기가 해야 할 일은 아주 완벽하게 파악하고 있는 아영이다.

역시 란줌마의 대열에 당당히 합류할 만한 실력이 있었다.

"오빠! 어그로 풀려 있다! 이놈들, 쉽겠어!"

"힘들어도 네 번만 더 반복하자!"

"오키!"

달려간 아영이 다시 소리쳤다.

"야, 이 고자 새끼들아! 누나랑 안 놀 거야?"

큰 외침이긴 한데 단어 선택엔 역시나 문제가 있었다. 하지만 효과는 발군이었다.

그 외침에 다시 어슬렁거리던 놈들이 아영을 인식하고 달려오기 시작했다. 아영은 이번엔 북섬 쪽으로 내달렸다. 석영은 목책 뒤에 숨어서 놈들이 지나가기를 기다렸다.

삐익!

휘파람 비슷한 소리가 들렸다.

약속에 없던 소리, 그리고 조잘 섬에서 들려오는 소리는 아니었다. 그러니 아영의 신호다. 이제 나오라는.

'역시… 잘 맞아.'

이런 기사랑 게임하면 진짜 편하다.

바로 몸을 일으킨 석영은 울타리를 타고 달렸다. 이번엔 처음의 경험이 있어서 금방 신호를 받을 수 있었다.

퉁! 퉁!

확인도 안 하고 바로 연속 사격.

등에 타천 활의 무형 화살을 두 개 박은 놈이 바닥에 철퍼덕 엎어졌다. 그리도 다시 둘은 귀환 주문서를 부욱 찢었다.

역시 초기 시절 시스템이라 그런지 보스 몹이라도 인공지능은 굉장히 떨어졌다. 학습 능력도 없었다. 딱 다섯 번의 저격 및 귀환에 졸때기들을 다 잡았고, 이제는 흑기사 대장을 잡기 시작했다.

ㅡ쿠오오오!

텅! 터엉!

아영은 흑기사 대장의 공격을 아주 쉽게 막았다. 뒤에서 틈을 노리는 석영이 할 말은 아니지만 정말 쉬워 보였다.

대장의 공격은 단조로웠다. 찌르고 내려치는 두 가지 공격 패턴이 전부였다. 게다가 공격하기 전 친절하게 괴성까지 질러줬다. 거기에 더해 느렸다. 어린아이가 목도를 쥐고 내려치는 느낌이랄까?

대장의 기병창은 아영이의 사각 방패에 속절없이 막혔다. 그렇게 아영이 공격을 방어할 때면 어김없이 석영이 등 뒤에서 활을 당겼다.

퉁! 투둥!

벌써 다섯 발째. 생각도 못 한 효과가 나타났다. 흑기사 대장의 움직임이 갑자기 눈에 띄게 둔해진 것이다. 라니아에서는 이렇지 않았다. 그냥 처음부터 끝까지 동일한 움직임을 보이다가 죽었다.

"어? 오빠, 이 새끼 이상한데요?"

"보고 있어! 이따 얘기하고 일단 집중해!"

"응! 근데 나 공격 좀 해도 돼?"

"마음대로!"

여태껏 아영은 혹시 몰라 공격만 방어했다. 놈을 잡기 전 석영의 부탁 때문이다.

이건 마우스로 클릭해서 잡는 그런 게임이 아니었다. 실제로 검을 휘둘러 몬스터의 몸뚱이에 칼을 박아 넣어야 몬스터를 죽일 수 있는, 현실의 살인에 가까웠다. 멘탈 보정이 아무리 대단해도 혹시 모를 돌발 상황까지 봐주지는 않는다.

예를 들어 아영이가 놈의 몸에다가 칼을 쑤셔 박았는데 안 빠지면? 아니면 검날을 쥐고 살을 주고 뼈를 취하는 공격을 가해오면?

그런 것들이 확실치 않았기 때문에 오로지 방어에만 치중하라고 했다.

근데 지금은 움직임이 느려졌다. 딱 봐도 '나 죽기 직전이오!' 이렇게밖에 보이지 않았다.

─쿠오오!

텅!

기합과 함께 머리로 떨어진 창을 방패로 막고 아영이 옆으로 스르륵 돌았다.

"홉!"

서걱!

아영의 은장검이 흑기사 대장의 허벅지를 벴다. 살이 쩍 벌어지며 새까만 연기가 뭉클뭉클 흘러나왔다.

석영은 앞으로 상체를 휘청거리는 놈의 머리통에 한 발 박아줄까 하다가 활만 당기고 일단 대기했다. 아영의 감각을 살려주고 싶어서였다.

아영은 역시 대단했다.

막기만 하는 것에 좀이 쑤시는지 요리조리 움직이면서 흑기사 대장의 몸을 난도질했다. 깊게는 아니고 피륙만 베는 정도로 서걱서걱 잘도 베어냈다.

게다가 드라마나 영화를 찍으면서 액션 신 때문에 전문적인 훈련을 꽤나 받았는지 움직임이 웬만한 여성은 따라올 수 없을 정도로 날렵하고 전문적이었다.

푹!

기병창을 피해 사선으로 구른 아영이 대장의 무릎에다가 검을 박아 넣었다.

쿠웅!

결국 흑기사 대장이 무릎을 꿇었다. 아영은 이어 검을 뽑고 몸을 붕 띄운 다음, 내려서며 온몸을 이용해 검으로 목을 쳐버렸다.

서걱!

깔끔한 절삭 소리와 함께 떠올랐다가 데굴데굴 굴러가는

흑기사 대장의 머리는 바닥에 힘없이 멈추자마자 새까만 연기와 함께 사라졌다.

잡은 것이다.

첫 필드 보스 사냥이었다.

띠링.

그 순간 시스템 메시지가 떠올랐다.

축하합니다. 리얼 라니아 유저 넘버 03 김아영 님, 유저 넘버 07 정석영 님은 최초로 흑기사 대장 사냥에 성공하셨습니다. 보상으로 본토로 넘어가는 배편을 이용하실 수 있으며, 소정의 골드를 지급해 드립니다.

이런 내용의 메시지였다.

소정의 골드는 됐고, 본토로 가는 뱃길이 열렸다는 게 석영의 눈에 띄었다.

'왜 안 되나 했는데 필드 보스 사냥에 성공해야만 열리는 거였나 보네.'

라니아에서는 안 그랬다.

하지만 여기선 이런 설정이 개입되어 있었다.

리얼 라니아. 완전히 같은 설정은 아니었다.

'그렇다면 또 어떤 설정 변화가 있을지 모르지. 조심해야

겠어.'

예상하건대 그 설정 변화는 분명 좋지 않은 변수로 작용할 것 같았다. 그러니 앞으로는 좀 꼼꼼히 알아보고 움직여야겠다고 생각한 석영이다.

"오예! 나이스! 나이스!"

반면 아영은 최초 흑기사 사냥 성공의 기쁨을 마음껏 만끽하고 있었다. 제자리에서 방방 뛰면서 말이다.

피식.

솔직함의 끝판왕답다. 저런 애가 어떻게 그 길고 긴 연예계 생활 동안 본성을 숨기고 살았는지 징하고 또 장했다.

그리고 계속 숨겨왔으니 속은 또 얼마나 곪아 터졌을까 하는 생각도 같이 들었다.

'게임상에서 지나치게 솔직하던 모습은 현실에서 억눌려 있던 감정의 폭발인가? 그럴 만도 하겠네.'

만약 자신이라면?

아웃사이더이던 석영이다.

물어 뭐 하나.

그런 석영의 정신을 일깨우는 아영의 부름이 들려왔다.

"오빠, 얼른 와봐요! 와, 대박! 대태도! 대태도 나왔어요!"

"뭐?"

대태도.

혼히 요즘에는 일본도라 알려진 도(刀)다. 사무라이 영화에 자주 나오는 일본도, 그게 대태도였다.

라니아 완전 초기, 대태도와 소태도, 다마스커스 검, 그리고 레이피어, 이렇게 네 자루 검이 활용도가 제일 높았다.

모두 각기 특징이 있었는데 대태도는 큰 몹, 작은 몹 할 것 없이 균등한 타격치를 보였고, 소태도 작은 몹을 잡을 때 활용도가 좋았다.

다마스커스 검은 수리가 필요 없어서 공성전에 좋았던 걸로 기억하고, 레이피어는 작은 몹, 특히 추타가 있어서 활용도가 높았다.

그럼 이렇게 네 개의 검 중 가장 사랑을 받은 검은?

대태도다.

+9 대태도가 현금으로 이백만 원을 호가하던 시절도 있었고, 실제로 거래됐을 때 조간신문 일 면을 장식했을 정도이니 말 다 했다.

가까이 다가가 보니 진짜 대태도였다.

길쭉한 도신, 특징적인 검병의 문양은 대태도가 분명했다.

"진짜네."

"대박! 대애박! 오빠, 나 이거 가져도 되죠? 오빤 타천 활 있잖아!"

아영이 호들갑을 떨며 석영에게 물었다.

석영은 고개를 끄덕였다. 대태도는 좋다. 초반에는 정말 더할 나위 없이 좋은 근접 무기다. 하지만 석영에게는 필요가 없었다.

왜?

타천 활이 버그로 딸려 왔다. 저 대태도 수만 개를 갖다 팔아도 못 사는 게 타천 활이다. 나중에는 팔아도 되겠지만 지금 당장은 아영이 쓰는 게 훨씬 좋았다. 파티원이 강해지면 파티 자체가 강해지니까.

"오예!"

아영이 얼른 대태도를 들어 착용하는 사이 석영은 흑기사가 드랍한 아이템을 살폈다. 첫 사냥 성공이고, 석영의 운발까지 작용했는지 눈이 가는 것들이 꽤나 많았다.

'보망, 판갑에 반사 방패까지. 보망은 내가 쓰면 되겠고 나머진 전부 아영이 장비네.'

석영은 적잖이 실망한 기분이 들었다.

하지만 그래도 이게 어디냐 싶어 판금 갑옷을 들었다. 어차피 가서 주면 되니 일단 인벤토리에 넣어 마을로 가기 위해서였다.

그런데 판금 갑옷을 들어 올려보니 이게 웬걸, 생각도 못한 아이템이 눈에 보였다. 반지 하나와 두루마리 하나. 순간 석영의 머릿속에 벼락이 쳤다.

"헐! 설마……?"

아니겠지?

아무리 내가 운이 좋아도 처음부터 그런 초대박 템이 떨어지진 않겠지.

반지가 석영을 지금 이렇게 흥분시키는 이유였다. 라니아 극초반, 초대박 템이라 불릴 만한 액세서리가 몇 개 있었다. 그리고 석영이 할 때도 그 반지의 가격은 별로 떨어지지 않았다.

순간 이동 반지.

줄여서 순반.

축복받은 이동 주문서를 쓰지 않고도 기억만 해놓으면 일반 이동 주문서로 지정 장소로 갈 수 있게 해주는 아이템이다. 라니아 좀 제대로 한다 싶은 유저라면 무조건 하나씩은 챙겨놨을 아이템이 바로 순간 이동 반지, 순반이다.

손에 들고 요리조리 살펴보는 석영의 눈에 점차 확신이 들어섰다. 석영의 손에 들린 반지를 아영도 봤는지 떨리는 목소리로 물었다.

"오빠, 그, 그거 설마……?"

"확인 줌서가 없어서 아직 모르겠지만… 어째 맞는 것 같은데?"

"헐!"

"그리고 라니아 초기에 풀린 반지는 순반이랑 변반밖에 없어. 마반이나 속반도 나중에나 나오는 거고."

"대박! 이 오빠 운발은 진짜 어디까지가 끝인 거야? 흑기사 대장 하나 잡았다고 순반이 떨어지는 게 말이 돼?"

"안 되지. 나도 알긴 아는데… 아니, 일단 마을에 가서 확인하자. 템부터 일단 다 챙겨."

"오키!"

아영이 급히 아이템을 먹고 귀환 주문서를 찢었다. 석영도 동시에 찢어서 마을로 돌아갔다.

그리고 바로 잡화 상점으로 가서 확인 주문서를 열 장 샀다. 당장 필요한 건 서너 장이지만 급해서 그냥 '열 장 주세요!' 하고 소리쳐 버렸다.

순반이면? 진짜 순반이면?

이딴 확인 주문서 몇만, 몇십만 장도 살 수 있다.

분수대로 다시 오니 아영이 소리쳤다.

"오빠, 빨리! 몸 무겁다! 빨리빨리!"

안 그래도 석영의 몸도 무거웠다. 그래서 마음이 급했다.

도착과 동시에 확인 주문서를 찢어 일단 두루마리에 발랐다.

정신 강화 주문서.

"음?"

"왜? 왜 그러는데? 순반 아냐?"

"아니, 두루마리부터 확인했는데 정신 강화 주문서라는 게 나오는데?"

"엥? 정신 강화 주문서? 그런 게 있었어?"

"……."

석영은 고개를 저었다.

그런 게 있었으면 '음?', '어?' 하며 서로 이런 의뭉스러운 탄성을 흘렸겠나?

장담하건대, 란저씨와 란줌마가 모르는 아이템은 라니아 상에 존재하지 않았다. 하나 일단 넘어가고, 당장은 반지가 중요했다. 석영은 다시 확인 주문서를 찢어 반지에 발라보았다.

순간 이동 반지

기억 설정을 해놓은 곳이라면 이동 주문서로 어디든 갈 수 있는 마법의 반지

아주 심플한 설명이 달려 있다.

석영은 히죽 웃었다. 그 웃음에 아영도 히죽 웃었다. 역시 운발 대박이다.

렙 19에 순수 사냥으로 순반을 먹었다. 이건 진짜 확률로

따져도 극악 중의 극악한 확률이다.

역시 될 놈은 뭘 해도 된다.

그게 인생의 법칙이다.

접속을 종료하고 난 뒤 저녁을 먹은 석영은 노름에게 가서 순반을 꺼내 테이블 위에 올려놓았다.

푸른 보석 하나가 박혀 있는 순반. 처음 좋던 마음은 어느 정도 가라앉아 있었다. 효율성이 아직은 떨어지기 때문이다.

일단 필드 사냥터가 전부 열리지 않았다. 그러니 기억을 해놓을 곳이 몇 군데 없었다.

즉, 지금 당장은 리얼 라니아 속에서 써먹을 곳이 없다는 소리이다. 써봐야 돈 몇 푼 아끼는 게 전부다.

하지만 지금 당장만 이렇지 나중으로 넘어가면 효율성이 아마 극대화될 것이다. 라니아 좀 제대로 한다는 유저라면 순반은 정말 필수품이니 말이다. 쓰기에 따라 아주 제대로 된 사냥도 할 수 있었다.

톡 왔숑. 톡 왔숑.

아영에게 온 톡이다.

[김아영: 오빠, 나 잠깐 생각해 봤는데요.]

[김아영: 순반 그거 현실에서도 쓸 수 있지 않을까요?]

'어?'

석영은 잠시 멈칫했다. 강화 주문서가 현실 속에서도 사용되는데 순반이라고 안 될 것 없지 않나? 석영도 그런 생각이 들었다.

그럼 사용 방법은?

톡! 톡! 톡!

연달아 세 개의 톡이 더 왔다.

[김아영: 오빠 아웃사이더니까 내가 오빠 집에 다시 갈게요.]

[김아영: 그다음 거기 기억하고 제가 순반 가지고 우리 집

돌아온 다음 창고에서.]

[김아영: 이동 주문서 꺼내서 써보는 거예요. 어때요? 될 것 같죠?]

석영은 그렇게 해보자고 답장을 보냈다. 그러자 바로 전화가 왔다.

"왜?"

―오빠!

"응, 왜?"

―아, 진짜 대답 그렇게 할래요? 여신 김아영이 전화해 줬으면 감사해 죽는 시늉을 해도 부족할 판에!

피식.

감사해 죽어?

전혀 그런 생각이 안 들었다. 아영은 분명 아름답다는 기준에 들어가고도 남는 것은 맞다.

하지만 며칠 사냥을 같이하다 보니 나온 실제 성격에 완전 깨버렸다. 철부지 여동생, 아니, 그 정도도 힘들 것 같다.

―아, 이 오빠 보시게? 지금 비웃음?

"비웃었으면 어쩔 건데?"

―가서 죽는 거죠! 오빠, 나 양팔 강화 끝낸 거 알죠? 오빠 잡아서 코브라 트위스트 한 방 꼭 먹여준다, 내가!

"그러시든가. 됐고, 왜 전화했어?"

—그냥요. 저녁 먹고 졸리니… 자기 전에 오빠 목소리나 들을 겸.

"야, 우리가 무슨 사귀는 사이냐? 뭘 자기 전에 목소리를 들어?"

—버릇이라서요, 으흐흐. 원래는 다른 애들한테 했는데 애들이 요즘 바쁘잖아요. 죄다 방송 뛰느라.

"그렇지. 그렇긴 하지."

세상이 멸망하지 않았다는 걸 안 뒤 정부는 사회를 최대한 빨리 수습해 정상으로 돌려놓으려 했다.

그 일환으로 가장 먼저 실행된 게 국민의 불안감 해소였고, 가장 확실한 방법은 역시 음악과 오락이었다. 거의 모든 방송사가 정부의 부탁을 받아 섭외 가능한, 그리고 이름 좀 있는 모든 배우, 가수, 아이돌을 섭외해 실시간으로 방송을 한다든가 녹화를 하고 있었다.

배우들과 아이돌은 예능으로 차출되어 녹화하러 갔다. 남은 아이돌은 전부 라이브 아이돌 쇼, 콘서트 등 모든 매체에서 드라마, 뉴스, 아니면 예능을 방송으로 송출했다.

그리고 이는 전 세계적으로 일어나고 있는 일이었다. 화제를 다른 곳으로 전환시키기 가장 좋은 방법이기도 하면서 불안과 사회 시스템을 안정시킬 수 있으니 일석이조, 아니, 일석

삼조였다.

"너는?"

─폰이 불나게 왔지만 다 무시했어요. 이제 배우 때려치울
거니까요.

"진짜 그만두게?"

따각.

"후우, 후우……."

폐부 깊숙이 들어오는 니코틴이 나른한 감각을 선사했다.

─네. 이제 배우 할 의미가 없잖아요? 리얼 라니아, 이런
게 생긴 마당에 렙 업이 먼저지 한가하게 카메라 앞에서 연
기나 하고 있어봐야 뭘 하겠어요.

"공감. 그렇긴 하다."

돈?

사회를 굴리는 가장 기본적이며, 가장 중요하고, 가장 절대
적인 게 바로 돈이다. 이건 아마 나중에 가서도 그리 변하지
는 않을 것이다. 라니아상 모든 아이템이 거래 대상이 될 것
이고, 화폐로는 분명 리얼 라니아상 골드나 현대의 화폐가 같
이 사용될 것이다.

그러니 돈은 분명 중요하지만, 아영은 현실보다는 리얼 라
니아에서의 삶을 선택한 것 같았다. 그리고 그 선택은 석영
과 똑같았다.

아직도 잘 와 닿지 않고 그 현실적인 감각에 손발이, 등골이, 뒷골이 짜릿짜릿하다.

처음 접속하던 순간.

타천 활이 버그로 딸려 온 순간.

흑기사 대장의 목이 떨어졌던 순간.

이 모든 것이 그저 꿈같지만 소름 끼칠 정도의 흥분도 같이 선사했다.

그래서 전신에 짜릿한 전기가 흐르는 것 같기도 했다. 석영은 이게 담배나 술, 마약에 중독되는 것의 초기 단계라 생각했다.

아영의 말이 이어 들려왔다.

─솔직히 언제 어디서나 나를 지키려고 사방으로 눈치 봐야 하던 연예계 생활도 질릴 만큼 질렸어요. 돈도 모을 만큼 모았고. 아주 딱 좋게 은퇴할 시기가 온 거죠.

"그래, 네 인생이니까 내가 이래라저래라 할 건 아니지. 마음대로 해."

─당연히 제 마음대로죠. 오빠가 영화 하나만 더 찍으라고 해도 그만둘 거니까요.

"근데 왜 나한테 구구절절 설명해? 그냥 네 멋대로 하면 되지."

─오빠는 제 버스니까요.

"뭐?"

—몰라요? 렙 업 버스?

"……."

아아, 모를 리가 있나.

석영도 해봤다. 눈보라사(社)의 롤플레잉 게임. 거기서 1렙부터 만렙까지 한 시간 만에 올려주는 걸 버스라고 한다.

지금 상황도 마찬가지였다. 아영은 석영이 모는 버스에 아주 제대로 탑승했다. 힘들이지 않고 19렙까지 왔고, 석영에게 필요 없는 장비는 전부 가져가고 있었다.

아마 장담하건대 대태도나 판금 갑옷을 소유한 유저는 전 세계에서 아영이 유일할 것이다. 그걸 장담할 수 있는 이유는 조잘 섬에서는 아예 두 아이템을 팔지도 않기 때문이다.

그리고 흑기사 대장도 둘이 최초로 잡았다. 그러니 대태도, 판금 갑옷 둘 다 아영이 제일 처음이다.

—정석영 버스, 놓치지 않을 거예요! 오호홋!

폰 너머로 들려오는 아영의 드립에 석영은 애랑 계속 같이 사냥을 해야 되나 하는 마음이 들었다.

"파티 끊는다."

—왁! 미친!

"뭐? 미친?"

반응이 아주 대차게 흘러나왔다.

─제, 제가 잠깐 미쳤다고요. 파티만은 끊지 말아주세요!

피식.

헛웃음이 또 나왔다.

저거 분명 본심이 아니다. 그냥 농담 치는 것뿐이다. 만약 파티를 끊으면?

장담하는데 당장 짐 싸들고 쳐들어올 게 김아영이란 여자의 본성이다. 그걸 석영은 이제는 매우 잘 알고 있었다.

그래도 그냥 한발 물러나는 척은 해줬으니 석영도 한발 물러났다.

"그려, 앞으로 잘 키워주마."

─어머어머, 이 오빠 보시게? 키워? 뭘 키워? 누굴 키워? 나? 설마… 완전한 사육?

"…끊는다."

뚝.

하여튼 정말 방심할 수가 없는 애다. 익숙할 만큼 익숙해졌다고 생각했는데 저놈의 섹드립은 도무지 적응이 안 되는 석영이다. 한숨을 길게 내쉬는데 아영의 메시지가 또 왔다.

[김아영: 버스만 제대로 태워주신다면… 소녀, 사육당할 용의도 있습니당♡]

"······."

눈매가 절로 씰룩였다.

이어서 '이히히! 잘 자용!' 하는 메시지를 본 석영은 답장도
안 하고 폰을 내려놨다.

아, 급속도로 피곤해졌다.

순간, '소녀? 너 노처녀잖아?' 하고 답장을 보낼까 하다가
그마저도 귀찮아진 석영은 피우던 담배를 마저 피우고 방으
로 들어갔다. PC 앞에 앉은 석영은 라니아 홈페이지에 접속
했다.

"왜··· 사라졌을까?"

서버 공지를 보는 석영의 눈은 어느새 피곤을 씻어낸 듯
냉철해졌다.

라니아 홈페이지에는 아영이 찾아온 날 들어가 봤다.

가장 먼저 보인 건 메인 공지였다. 게임 데이터는 물론 서
버망까지 모조리 날아갔다는 내용이었다. 따라서 게임 서비
스는 불가능하다는 내용의 공지였다.

석영은 이 점이 의문이었다.

다른 게임은 무사했다. 실제로 접속이 가능한 게임도 있었
다. 눈보라사의 게임도 마찬가지고 축구 게임도, 총질 게임도
전부 접속이 되고 실제 플레이가 가능했다.

그런데 딱 라니아만 사라졌다. 석영은 접속해 보려 했지만

아예 로그인 창도 뜨질 않았다.

그래서 석영은 물론 많은 사람은 리얼 라니아가 생긴 것 때문에 라니아가 사라진 게 아닌지 막연히 유추할 뿐이었다.

게시판으로 들어가 보는 석영.

무시무시할 정도로 많은 글이 올라와 있었다. 라니아 소프트는 주력 게임 라니아가 사라졌음에도 발 빠르게 대처했다. 리얼 라니아가 생겼으니 아예 라니아 홈페이지를 전면적으로 개편, 리얼 라니아의 홈페이지로 대체시켜 버린 것이다. 물론 당장은 외관상 크게 변한 건 없지만 한 달 정도만 지나면 완전히 달라질 거라 석영은 예상했다.

석영이 제일 먼저 친 검색어는 버그다.

혹시 자신처럼 버그가 적용된 유저가 있나 확인했다. 있다면 주의 대상으로 삼아야 한다.

"없네. 나만 버그 수혜자인가? 아니지. 나처럼 말 안 하고 있을 수도 있어."

석영은 안심하지 않았다.

아직까지 리얼 라니아에 대해 밝혀진 건 거의 없었다.

근데 그럴 수밖에 없긴 했다. 게임으로 따지자면 아무런 정보도 없이 시작해 유저가 모든 걸 밝혀내야 하는 서비스 초기 단계다.

정보가 넘쳐나는 것 자체가 애초에 이상한 일이다.

그리고 석영도 자신이 알아낸 것들을 라니아 홈페이지에 풀지 않았다. 좀 더 빠르게 강해질 수 있는 길을 포기하고 싶지 않았기 때문이다.

물론 독점은 아니었다. 어차피 한 달 이내에 모두 밝혀질 테니 말이다.

별다른 정보가 없는 걸 확인한 석영은 잠자리에 들었다.

＊　　　　　＊　　　　　＊

본토, 라니아의 필드 전체를 이르는 단어이다. 석영과 아영은 첫 번째 마을 '글로츠'에 도착했다.

"이야, 대박이네, 이거? 무슨 유럽 시골 마을에 온 느낌인데요?"

"그러게. 이건 상상 이상인데?"

두 사람은 마을 전경에서 눈을 떼지 못했다. 조잘거리는 섬 마을은 그리 크지 않았다. 만약 유저가 들어온다면 이삼백도 겨우 수용할 정도의 마을 크기였다.

하지만 글로츠 마을은 그 열 배에 가까웠다. 마을만 돌아다녀도 힘들어서 로그아웃을 해야 할 정도로 넓었다. 건물도 완전히 달랐다.

조잘 섬 마을은 전부 아담한 모양이었다. 하지만 여긴 사오 층짜리 건물이 즐비했고 안도 엄청나게 넓었다.

그러나 현대를 사는 두 사람이 놀란 건 당연히 층수 때문이 아니었다. 마을 자체의 구조, 건물의 외관, 화사하게 조성된 꽃밭, 실제로 '꺄르르! 하하하!' 하며 뛰어노는 아이들까지, 아영의 말대로 정말 유럽의 시골 마을에 온 느낌이 들었다. 그냥 눌러앉아 살고 싶은 마음이 들어도 전혀 이상하지 않을 모습이다.

하지만 일단 사냥 준비를 해야 하니 따로 흩어진 후 잡화 상점에 들어왔는데.

"어머, 어서 오세요."

"……"

카운터에 있는 상점 주인 메릴이 너무나 밝은 미소와 함께 인사를 해왔다. 미소가 꽃처럼 화사해서 석영은 순간 흠칫했다. 좀 더 다가가 빤히 바라보니 메릴이 고개를 갸웃거리며 말했다.

"손님, 왜 그러세요? 제 얼굴에 뭐가 묻었나요?"

그러더니 서랍에서 손거울을 꺼내 얼굴 이곳저곳을 비춰보기 시작했다.

"허……"

그 모습에 석영은 저도 모르게 허탈한 탄성을 흘리고 말

왔다.

NPC다. 게임 시스템을 이용하기 위해 구현해 놓은 NPC. 그래서 최소한의 인공지능만 부여하는 게 보통이다. 그리고 시스템으로 정해놓은 틀 안의 대화 기능만 보인다.

그런데 이건?

전혀 예상도 못 했다.

'이건 그냥……'

사람인데?

정말 사람과 다를 바가 하나도 없었다.

"손님? 손님? 왜 그러세요?"

"아, 아무것도 아닙니다."

고개를 좌우로 갸웃거리며 물어오는데, 그 순진무구한 눈빛에 걱정 가득 한 목소리라니, 절로 탄성이 흘러나올 정도이다.

"아, 다행이다. 혹시 어디 아프신가 하고 걱정했네요."

"……."

손뼉을 살짝 치면서 나온 메릴의 말에 석영은 이해하는 것을 포기했다. 그래, 어차피 리얼 라니아 자체가 이해 불가능하지 않나.

석영은 가속 물약을 포함해 사냥에 필요한 잡다한 것들을 산 다음, 밖으로 나왔다.

저 멀리서 멍한 표정으로 걸어오는 아영이 보인다. 이유는 금방 알 수 있었다. 옆으로 다가와 털썩 앉은 아영이 중얼거렸다.

"나 쫓겨났어요."

"응? 왜?"

"아니, 글쎄, 완전 사람처럼 굴잖아요. 그래서 막 만지고 그랬죠."

"……."

"그랬더니 내 멱살을 잡고 질질 끌더니 밖으로 내동댕이쳤어요. 하, 아하하, 힘이 대박 세던데요? 한 손으로 휙 들어서 날 집어 던졌으니까."

"잘하는 짓이다, 진짜."

"아니, 너무 신기하잖아요! 말하는 게 어떻게 인간이랑 똑같아? 그런 게 가능한 거예요? 인공지능이 이 정도로 발달했어요? 언제? 어느 틈에? 어느 세월에? 우와! 대박!"

결국 아영은 또 흥분해서 서서히 정신 줄을 놓기 시작했다. 이걸 다잡아주는 건 언제나 석영이 몫이었다.

툭.

"됐고, 사냥 준비는 했어?"

"아뇨. 숫돌 못 샀는데, 에헤헤."

"다시 못 들어가?"

"네, 당분간 출입 금지래요."

"진짜 가지가지 한다. 숫돌은 내가 사올 테니까 넌 가서 물약이나 사."

"넵!"

결국 숫돌은 석영이 사와야 했다. 이번에는 실수 안 했는지 아영이 먼저 물약을 사서 기다리고 있었다. 다사다난했던 사냥 준비를 끝내고 둘은 마을의 동문으로 나갔다. 목적지는 황무지였다.

*   *   *

"뛰어!"

"와! 이 미친 고블린 새끼들, 왜 이렇게 세?"

"떠들 시간 있으면 달려!"

"와아악!"

"귀줌! 귀줌 찢으라고!"

"응!"

결론부터 얘기하자면, 두 사람은 황무지 근처에도 못 가고 귀환 주문서를 급히 꺼내 찢었다. 하얀빛이 훅 터져 나와 몸을 감싸더니 숲이 마을로 변했다. 감탄해 마지않던 글로츠 마을의 모습이다.

"후우……."

안도감에 한숨을 내쉰 석영은 분수대 위에 털썩 주저앉았다. 그리고 자연스레 생각에 잠겼다.

'라니아잖아? 근데 이 새끼들, 왜 이렇게 세?'

게임대로라면 본토로 넘어왔다고 갑자기 난이도가 상상 초월로 올라가는 건 절대 아니었다. 게임 시스템상 조잘 섬 난이도나 글로츠 마을 주변 난이도나 크게 다를 게 없었다. 던전을 들어가지 않는 이상 오크나 고블린 이런 것들은 그냥 툭 치면 죽어야 했다. 그게 게임상 정상이다.

그게 정상이어야 하는데…….

"오빠, 나 뒤질 뻔했어요."

"알아. 봤다."

"목 옆으로 고블린이 던진 칼이 스쳐 갔다니까? 잘릴 뻔했다니까?"

"봤다고."

"목이 날아갈 뻔했다고!"

"아, 쌍! 나도 봤다고!"

결국 짜증이 터진 석영이 버럭 외치자 아영이 흠칫하더니 한숨을 내쉬고는 석영의 앞에 양반다리로 철퍼덕 앉았다.

석영은 다시 생각에 잠겼다. 리얼 라이나. 리얼은 보통 현실감이란 단어를 사용할 때 쓰인다. 그렇다면 말 그대로 그

낭 현실감이 대박이어야 한다.

그런데……

'팔이 아파. 어깨도… 아프고.'

숨어 있다가 수풀에서 튀어나온 고블린이 점프까지 해서 석영의 사격전에 어깨치기를 해왔다. 너무 놀라 순간 피할 생각도 못 했다.

그래서 그대로 부딪쳤고, 결국 옆으로 나동그라졌다. 그때 당시는 하도 놀라서 아픈 줄도 몰랐는데 마을에 오고 나니 어깨와 팔이 전부 지끈거렸다.

"이 고통, 진짜야… 오빠."

"……."

그 말에 슬쩍 고개를 드니 목 옆의 붉은 혈선을 치료할 생각도 없이 손으로 매만지고 있는 아영이 보인다. 그녀의 얼굴은 리얼 라니아에 접속한 이후 처음으로 심각하게 굳어 있었다. 아예 창백하게 질렸다고 해도 될 만한 얼굴이다.

그런데 석영도 다를 게 없었다. 엄청난 현실감, 실제 통증까지 전부 느껴지니 이제야 리얼이란 단어의 의미가 이해가 갔다.

"오빠."

"……."

"오빠."

"아, 왜?"

"우리가 무시한 것 있죠? 리얼 라니아상의 죽음."

"응."

"그거 다시 좀 생각해 봐야 할 것 같아요."

"그러게."

석영도 동의했다.

이 정도의 고통이 느껴진다고?

석영은 게임 폐인이다. 진성 라니아 폐인이었고, 일어나서 게임하는 데 무엇보다 많은 시간을 할애했다.

하지만 이렇게까지 아파 가며 게임을 하고픈 생각은 결단코 개미 눈곱만큼도 없었다. 그러니 왼쪽 어깨 전체로 느껴지는 이 고통에 치가 떨렸다.

오감이 완전히 살아 있다는 소리나 다름없었고, 그건 곧 죽을 정도의 부상은 정말 죽음으로 이어질 수 있다는 소리이기도 했다. 이 부분은 무서운지 전투 민족이라 불리는 아영이도 입술을 깨물고 겁에 질려 있다. 그런 아영을 힐끔 보는 석영.

'너무 쉬웠어. 애초에 타천 활로 너무 쉽게 레벨 업을 하면서 온 거야.'

그러니 무뎌진 거다.

위험할 수도 있다는 마음가짐 자체가.

그리고 무뎌진 게 온몸으로 번지는 고통에 번쩍 깨어난 거고. 이 정도 아프면 진짜 죽을 수도 있겠다는 근원적인 공포.

'미쳤구나, 아주.'

조잘거리는 섬이 너무 쉬웠다. 그래서 석영은 앞으로도 자신의 앞길이 찬란한 휘광과 함께할 거라고 생각했다.

+5 타락 천사의 활. 이 무기만 있으면 아무런 문제도 없을 거라고 생각했다. 한데 아니었다.

완전 아니었다.

진짜 완전 잘못 생각하고 있었다.

고블린.

가장 기본적인 몬스터이다. 조잘거리는 섬의 고블린이랑 외형적으로 전혀 다를 게 없어 보였다. 그런데 달랐다.

움직임이 달랐고, 인공지능이 달랐다.

인공지능이 다르니 움직임이 달라지는 것이야 당연한 결과이다.

'미친것들이… 몰이사냥을 해와?'

유저가 아는 몰이사냥과는 전혀 다른 방식이었다. 마치 노련한 사냥꾼들이 사냥감을 원하는 장소로 몰아넣어 사냥하는 것처럼 이놈들은 조직적으로 움직여 포위망을 형성해왔다.

게다가 숫자도 딱 다섯 마리였다. 세 마리가 전방에서 포위망을 형성해 아영을 둘러싸고, 그 뒤에서 고블린 궁수 한 마리가 지원, 그리고 한 마리는 숨어서 석영을 노렸다.

아주 대차게 당했다.

게다가 조잘거리는 섬의 고블린보다 훨씬 강했다.

못해도 두 배 이상? 아니, 세 배?

감도 안 잡혔다. 더 빠르고, 아영을 물러나게 할 정도로 강했으며, 지능 수준까지 높으니 애초에 상대가 될 리 없었다.

그래도 석영에게는 타천 활이 있었지만, 그것도 맞춰야 대미지를 줄 것이 아닌가. 석영은 단 한 발도 못 맞췄다. 아니, 그 이전에 아예 쏴보지도 못했다. 쏘기 직전 기습을 당했기 때문이다.

이후 바로 도망치다가 겨우 귀환 주문서를 찢어 마을로 돌아왔다. 그리고 지금 이 모양 이 꼴이 된 것이다.

"전부 다시 생각해야겠다."

"그러게요."

"뭘 다시 생각해?"

석영은 뒷말만 듣고 그것도 모르냐는 심정이 되어 짜증스럽게 답변했다.

"그야 당연히 앞으로 계속 플레이……."

"어! 군주 오빠다! 나삼 언니도!"

오빠? 언니?

고개를 드니 아영이 벌떡 일어나 자신의 뒤를 바라보고 있다. 석영이 그 모습에 저도 모르게 시선을 돌려보니 익숙한 사람 둘이 서 있었다. 혈맹 란저씨와 란줌마의 군주 마님사랑과 그의 아내인 나삼선녀였다.

*　　　　　*　　　　　*

"그렇단 말이지."

혈맹 란저씨와 란줌마의 군주 마님사랑 석문호가 석영의 설명을 전부 들은 후 신중한 얼굴로 턱을 매만지며 고개를 끄덕였다.

라니아 오픈 베타 때부터 단 한시도 쉬지 않고 플레이한 사람이 바로 석문호다. 진성 게임 폐인이라고 해도 과언이 아니지만, 그는 인생의 승리자에 가까웠다.

금, 은수저를 물고 태어나지는 않았지만 타고난 사업 센스로 아주 대차게 성공했다. 게다가 아름답고 현명한 아내 문호정과 아들딸을 두고 알콩달콩 살고 있는 성공한 란저씨다. 그런 두 사람은 딱 마님과 돌쇠를 연상시켰다.

어쨌든 그런 석문호는 석영만큼이나 신중한 이였다. 여태껏 가만히 듣고 있던 문호정이 입을 열었다.

"여보."

"응?"

"우리도 어렴풋이 조잘 섬이 튜토리얼이라고 생각했잖아요?"

"그랬지."

"그럼 여기서의 게임 오버는 어떻게 되는 거예요? 정말 당신이나 내 생각처럼 현실 세계에서도……."

나삼선녀 문호정이 굳은 얼굴로 한 말에 석영도, 아영도, 석문호도 얼굴을 굳혔다.

이는 대단히 중요한 문제였다. 이 문제에 대해 확신이 서지 않는 이상 사냥은 절대로 불가능했다. 누가 목숨을 걸고 게임을 하겠나?

리얼 라니아에서의 죽음이 실제 죽음으로 연결된다면 그 순간부터 이건 리얼한 라니아의 세계가 아니었다.

그냥 또 다른 세계다.

두 개의 세계가 있는데 하나의 세계는 극히 위험하지만 신세계나 다름없는 세계이고, 다른 세계는 안전하지만 평범한 세계이다. 보통의 유저라면 분명 후자를 선택할 것이다.

그리고 극한 스릴을 즐기는 이라면 당연히 전자를 선택할 것이고.

"잠시만요."

아영이 밖으로 나갔다. 어디를 가는지 굳이 묻지는 않았다. 복잡한 상황이니만큼 여관방은 답답한 공기가 흘렀다.

그게 마음에 들지 않아서일까?

문호정이 분위기를 바꿀 요량인지 석영에게 짓궂은 말을 던졌다.

"근데 석영아."

"네?"

"어쩌다가 아영이랑 이렇게 찰싹 달라붙어 있니?"

"아아, 그날 이후 아영이가 먼저 찾아왔어요. 그리고 어쩌다 보니 같이 사냥도 하게 됐고요."

"오호호, 그래? 아무 일도 없었고?"

"아무 일도 없었죠, 누님. 누님이 아영이 쟤 진짜로 못 보셔서 그래요. 아, 진짜 장난 아니에요."

"호호, 난 봤는데? 그것도 꽤 여러 번?"

"네?"

문호정이 웃었다.

석문호도 처음 듣는다는 듯 눈을 동그랗게 뜨고 아내인 문호정을 바라봤다. 그도 처음 듣는 얘기인 것 같았다. 그도 그럴 게, 란저씨와 란줌마는 정모를 하지 않았다. 그건 석영이 몇 년간 혈맹 활동을 하며 직접 봤기 때문에 잘 알고 있다.

"호호, 아영이가 배우잖아? 그래서 비밀로 해달라기에 그래줬지. 자주는 아니지만 그래도 꽤 많이 봤어."

"아아……."

그럴 수 있겠다 싶다.

아영이는 여배우다.

그런데 저게 어디 여배운가? 서른 살 넘은 노처녀 심보에 섹드립도 툭하면, 거기다 차지게 치는 아영이다. 저걸 어떻게 말할 수 있겠나. 비밀로 해달라고 한 게 이해가 갔다.

"아깝네. 이런 으쓱한 공간이면 뭔 일이 일어날 줄 알았는데, 오호호!"

손으로 입을 가리고 웃는 문호정의 눈매는 아예 초승달처럼 휘어 있었다. 강도만 약할 뿐이지 이것도 섹드립이 분명하긴 했다.

석영은 그래서 그냥 웃고 말았다. 저건 본심과 화제 전환, 이 두 가지 이유를 품고 있다는 걸 알았기 때문이다.

잠시 두런두런 얘기를 하고 있는데 아영이 돌아왔다.

"알아 왔어요!"

들어오면서 앞뒤 잘라먹고 대뜸 한 말에 석영의 얼굴이 미미하게 찌푸려졌다. 저놈의 마이 페이스, 언제고 한번 뜯어고쳐야겠다는 생각을 하면서.

"뭘 알아 왔니?"

하지만 문호정은 나긋하게 받아줬다.

"죽으면 어떻게 되는지요! 로그아웃하고 라니아 홈피 가서 찾아봤는데, 게임 오버 당한 유저가 나왔어요!"

"진짜?"

"네!"

"어떻게 됐대?"

"으흐흐! 맨입으로?"

'하여간……'

상체를 바로 하며 정신을 집중하려던 석영은 옆에 있는 티스푼을 던졌다. 그걸 휙 피한 아영이 '이히히!' 하고 장난스러운 웃음을 흘렸다.

"그만 얘기하지? 버스 서기 전에."

"넵! 아무 일도 없답니다!"

"응? 진짜?"

"응. 사실 꽤나 죽은 사람이 있긴 한 모양인데 초보 존에서 죽었다고 하면 쪽팔릴까 봐 쉬쉬한 사람이 있더라고. 그것도 꽤 많아요. 한 사오십 명 정도?"

"흠, 초보 존이라… 하지만 여긴 초보 존이 아니니……."

하지만 석영은 그 말을 전부 믿을 수가 없었다. 아니, 아영은 믿지만 죽었는데 아무 일도 없다고 라니아 홈피에 쓴 유저들을 못 믿는 거다.

그리고 그건 석호와 호정도 마찬가지였다. 덜컥 믿기엔 걸려 있는 사안이 너무나 컸다. 극히 신중해야 할 일이었다. 목숨이 저당 걸려 있으니 말이다.

"그리고 GM라니아도 공식 공지를 남겼던데?"

"지엠이? 뭐라고 남겼는데?"

"자신도 흑기사 무리를 잡다가 죽음을 경험했고, 아무런 일도 없었다고."

"흠······."

GM라니아.

라니아가 사랑받는 데 지대한 공헌을 한 게임 마스터. 또한 라니아상 가장 신비한 존재라 설명할 수 있겠다. 공지나 가끔 나타나서 채팅할 때 보면 여성인 것 같다는 것밖에 신상이 풀린 게 없었다.

하지만 이거 하나는 분명했다.

그녀는 전 세계 모든 온라인 게임을 통틀어 가장 소통에 능했고, 우수했으며, 신뢰가 가는 게임 마스터였다고. 이건 라니아를 해본 모든 유저가 공감하는 부분이다.

하지만 그런 게임 마스터가 공지를 남겼다고 그걸 전부 믿을 수 있는 상황은 당연히 아니었다.

"조잘 섬은 튜토리얼에 가까워. 그리고 본토에서부터 진짜고. 그 어느 게임도 튜토리얼에서 죽었다고 제재를 가하진

않아. 하지만 본 게임 시작에선? 경험치 다운, 아이템 드랍,
소멸 등 제재가 이루어지지."

석문호의 조용한 말에 석영도 공감했다.

그 말은 아영이 말을 할 때부터 떠올린 생각이다. 문제는
지금이다. 조잘 섬에서의 사망 말고 본토에서의 사망이 문제
였다.

"난이도가 어땠다고?"

그때 문호정이 질문해 왔다.

"장난 아니에요! 세 놈은 저를 포위했고요, 한 놈은 궁수
였는데 제가 움직일 동선을 노려 견제했고, 한 놈은 수풀에
숨어 있다가 석영 오빠가 공격하려고 하니까 뛰쳐나와 들이
받았다니까요? 그냥 인공지능이 아니라 현실 세계의 맹수?
그런 놈들이랑 싸우는 것 같았어요!"

"그래?"

"네!"

"그렇다면 무조건 파티 플레이를 해야 한다는 소리네?"

"그렇죠! 무조건 파플이죠! 물론… 게임 오버가 주는 패널
티를 알아내야 사냥이든 뭐든 하겠지만요."

"흐음……."

문호정도 나름의 생각이 있는지 다시 생각에 잠겼다. 처음
에 생각한 게 역시나 문제가 되고 있었다.

그때였다. 갑자기 창밖이 소란스러워졌다. 석영이 가장 가까운지라 가서 확인해 보니 유저들이 있었다.

"어… 오! 반… 읍!"

텁!

석영은 어느새 옆으로 와서 소리치려는 아영의 입을 틀어막아 당겼다.

"읍읍!"

반항하는 아영에게 짧게 조용히 하라고 한 뒤 문까지 끌고 왔다. 석문호와 문호정은 그런 석영을 의문스러운 눈빛으로 보다가 이내 석영의 마음을 눈치챘는지 인상을 확 굳혔다.

그리고 그 순간 아영이 석영의 손을 뗐다.

"퉤퉤! 아, 오빠, 뭔데?"

"……."

석문호와 문호정은 연륜이 있어 그런지 눈치가 매우 빨랐다. 불쑥 든 석영의 생각을 바로 이해해 버린 것 같았다.

아영도 연예계에서 20년 이상 구른 아이이다. 눈칫밥을 먹어도 석영보다 몇 배는 더 먹었으니 석영의 행동을 바로 이해했다.

그래서 눈빛에 석영도 익숙히 아는 감정이 언뜻 떠올랐다가 사라졌다. 이는 아주 잠깐이었지만 석영은 확실하게 봤다.

그리고 보는 순간 기분이 수직으로 떨어졌다.

"오빠, 내가 오빠 좋아하긴 하는데 이 정도로 이기적이진 않았잖아?"

"그래, 석영아, 이건 아니다. 사람 목숨이 걸려 있어."

"......"

아영이와 석문호는 석영을 질책했다. 다만 문호정은 말을 아꼈다.

석영은 한숨을 내쉬었다. 멘탈 보정 때문에 지금 이 자리가 그렇게 부담스럽지는 않았지만, 이제는 그냥 자신의 본심으로 나가고 싶었다.

지금 보니 확실히 알겠다. 가는 길이 달랐다. 생각하는 마인드 자체가 달랐다. 독점하고픈 욕심은 없다.

하지만 석영의 생각으로 이건 누군가는 해야 되는 일이었다. 확인이 필요하다는 뜻이다.

그리고 그걸 꼭 굳이 '우리가', 혹은 '내가' 할 필요는 없지 않나?

석영의 감정이 다시 극단적인 변화를 취하기 시작했다. 아웃사이더로 살 수밖에 없던 이유, 그게 지금 적나라하게 풀려 나왔다. 그것도 모르고 아영은 계속해서 석영을 질책하고 있었다.

"오빠, 진짜 실망이다!"

"그럼 니가 가서 뒈져보던가."

"뭐? 무슨 말을 그렇게 해?"

"니가 나가서 뒈져보라고. 그리고 뒈지면 알려주라. 그냥 단순히 게임 오버로 끝인지, 아니면 진짜 뒈져서 관짝으로 들어가는지. 봉투는 넉넉히 해줄 테니까 니가 해보라고."

"오빠, 말 다 했어?"

차갑게 굳기 시작하는 아영의 표정과 말에 석영은 피식 웃었다. 받아주다 보니 결국 이런 일이 생겼다. 너무 친해도 문제라는 말, 이제는 절실히 이해가 갔다. 격의가 사라진다는 건 결국 막 대한다는 뜻이다.

서로 간의 성향이 있는데, 그 자체를 무시하면 남는 건 결국 트러블밖에 없었다.

"석영아."

"네."

"일단 진정해."

"네."

진정됐다.

대가리는 아주 차갑게, 그리고 가슴은 아주 뜨겁게. 둘다 끝까지 치고 올라와서 서로 공평한 양으로 섞여 석영의 이성과 감성을 지배했다.

이런 극단적인 변화가 석영이 아웃사이더가 된 이유이다.

극단적인 감정 변화는 옵션이고, 도덕적으로 당연한 것들이 석영에게는 당연한 게 아니게 된다. 극히 이기적인 생각이 치고 올라오고, 이걸 숨기지 않고 감정 변화를 통해 겉으로 표현한다.

사회가 이걸 받아줄까?

절대로 안 받아준다.

이해는커녕 당장 배척당할 뿐이다.

"파티 탈퇴."

그 말과 함께 석영의 몸에서 미약한 푸른빛이 일어나더니 유리창이 깨지듯이 산산조각이 났다. 이펙트가 딱 봐도 깨졌다는 걸 의미하는 게 신기하긴 했지만, 지금 석영은 그딴 걸 느낄 상황이 아니었다.

"어, 오빠?"

"이제부터 따로 하자. 난 존나 이기적으로 혼자 사냥할 테니까 너도 그 알량한 정의감으로 잘 놀아봐라."

"아, 왜 이래? 사내새끼가 진짜!"

피식.

역시 저 성깔, 어디 안 간다.

열이 뻗치는지 얼굴이 새빨갛다.

하지만 좀 전의 말로 석영은 그나마 남아 있던 감정이 싹 사라졌다. 아영은 돌아갈 수 없는 선을 달려와 점프로 너무나 쉽게 넘어가 버렸다.

"형님, 누님, 다음에 뵐게요."

"어, 어어……."

"그래. 누나가 나가서 연락할게."

"네."

석영은 꾸벅 고개를 숙이고 바로 등을 돌렸다. 더 이상 한 공간에 있기가 싫었다. 숨이 턱 막히는 건 둘째 치고 사회를 등진 이후 한 번도 터진 적이 없는 모습이 드러나려 했다.

도망? 아니다. 회피다. 아니, 뭐든 좋다. 그냥 싫다.

"아, 야!"

아영이 석영이 어깨를 잡고 소리쳤지만, 석영은 그대로 툭 쳐내곤 방을 나갔다. 그리고 바로 신녀를 찾아 로그아웃을 했다.

episode 5
배우 한지원

로그아웃을 한 석영은 바로 담배부터 찾았다. 물 한 통을
꺼내 베란다로 나가 연신 줄담배를 피우기 시작하는 석영.

　"후우, 후우……."

　새하얀 담배 연기. 니코틴이 폐부 깊이 급속 충전되고 있
는데도 머리끝까지 올라온 짜증은 도무지 내려갈 생각을 안
했다.

　"씨발 년이……."

　오냐오냐 해줬더니 아주 머리끝까지 기어 올라왔다.

　사내새끼? 야?

그건 석영이 스스로 정해놓은 선을 완벽하게 넘는 단어였다. 아무리 아웃사이더라지만 자존심이 없는 게 아니었다. 오히려 더욱 셌기 때문에 적응을 못 하는 부류도 있었다.

물론 석영은 그것 말고도 이유가 있지만, 그래도 굳이 대분류로 나누자면 후자에 들어간다. 자존심이 세다는 소리다. 그런 석영에게 아영은 너무나 큰 실수를 저질렀다.

자신의 행동.

그래, 이해한다.

"나도 안다고. 이기적인 거. 근데 돼질지도 모를 실험을 굳이 우리가 할 필욘 없잖아? 쌍!"

이것도 자각하고 있다.

보통 이런 생각은 잘 안 하게 마련이라고.

하지만 이건 극소수의 사람만 하는 나쁜 생각이 아니었다. 사회생활 좀 한다는 이들 중 이런 생각, 상황을 안 겪어본 이들이 얼마나 되겠나.

그리고 또 정답을 선택하는 이들이 얼마나 되겠나.

그럴수록 도태되는 거다.

"후우, 후우! 지도 알 거 아냐. 쌍! 그 더럽다는 연예계 생활을 해봤으면서. 근데 왜 그딴 눈으로……."

아주 잠시지만, 아주 미약했지만 아영의 눈빛에 경멸의 감정이 스쳐가는 걸 석영은 똑똑히 봤다. 눈치가 아주 빠른 편에 속하는 석영이라서 절대 잘못 봤을 리가 없다. 그게 석영을 더 열 받게 했다.

도와주고 싶던, 그리고 도움을 받고 싶던 감정을 모조리 지워 버릴 정도로.

드륵, 드르륵!

챙겨온 휴대폰이 진동을 시작했다. 액정을 들여다보니 아영이다.

또 와락 짜증이 올라왔다. 석영은 바로 수신 거부를 한 다음 아영의 번호를 차단시켰다. 그리고 톡도 마찬가지로 차단을 걸어버렸다.

이름만 들어도 꼭지가 열릴 정도이다. 멘탈 보정 덕분에 좀 괜찮나 싶더니 오늘 아주 제대로 폭발하고 있었다.

석영은 담배 하나를 더 꺼내 물었다.

"후우."

세상에서 가장 안 좋다는 담배 연기가 가슴으로 들어왔다. 폐나 간이 썩어 문드러지는 건 아닐까 싶을 정도로 독하게 들어왔다.

"콜록! 커윽! 컥! 콜록콜록!"

그러다 사레가 들려 혼이 빠져나가는 경험을 했다.

"카악, 카악, 퉤!"

가래침을 뱉고 담배를 비벼 끈 석영은 찔끔 난 눈물을 소매로 대충 닦았다. 목구멍이 파스라도 붙인 것처럼 따가웠다.

들고 나온 생수를 벌컥벌컥 마신 석영은 의자에 다시 털썩 앉았다. 석양을 멍하니 보던 석영은 폰을 열어 라니아 홈페이지에 접속했다. 게시판으로 들어가 주르륵 내려 보니 본토 사망 패널티란 제목의 글이 보인다.

눈을 반짝인 석영은 바로 그 게시물을 클릭했다.

내용은 아주 간단했다.

죽어도 현실 죽음 없음.

다만 뒈지도록 아프다.

목이 잘려 나가는 고통, 심장이 꿰뚫리는 고통이 완전히 현실과 다름이 없는 정도라 트라우마가 생길 정도.

일주일 접속 불가 패널티.

차고 있던 장비 중 랜덤 드랍.

이 정도였다.

결국 석영이 한 행동이 이기적이긴 했어도 맞는 행동이었다.

글로츠 마을에서 봤을 때 그 파티는 셋으로 이루어져 있었다. 석영과 아영이 대립했을 때 벌써 마을을 나갔고, 석영처럼 고블린의 공격을 받았다. 뭔가 이상함을 깨달았지만 둘처럼 바로 튀지 못하고 전멸한 것 같았다.

그래서 밖으로 나와 좀 전 게시 글을 작성한 것이다.

"거 봐… 씨발."

듣진 못하겠지만 누군가가 꼭 들었으면 하는 마음에 나온 욕설이다.

다시 한숨을 내쉰 석영은 담배와 폰을 챙겨 안으로 들어갔다.

해는 이미 졌고, 사냥도 제대로 못 해 체력적으로는 괜찮았지만 다시 리얼 라니아로 접속하고픈 마음은 들지 않았다. 그래도 대충 저녁을 차려 먹은 석영은 컴퓨터 앞에 앉았다.

내일부터는 솔플이다.

아영과는 이제 끝난 인연이니 사냥은 혼자 해야 한다. 일단 문서를 열어놓고 차근차근 사냥 준비를 시작했다.

1. 탱커가 없다.

이 부분이 일단 가장 큰 문제였다.

조잘 섬은 어차피 혼자 돌아다녀도 충분했다. 튜토리얼 지역이었으니까. 아마 흑기사 대장도 혼자 잡을 수 있었을 것이다.

사격만 제대로 넣고 마을로 튀는 방식은 혼자였어도 충분히 가능했을 테니까 대장은 힘들었겠지만 그래도 못 잡을 정도는 아니었다. 움직임도 느렸고, 공격 패턴도 단조롭고, 이동속도도 느렸으며, 피통도 적었으니까.

하지만 글로츠 마을은 아니었다.

마을 밖의 숲에서 만날 수 있는 고블린이 무슨 흑기사 대장 열 마리 있는 것보다 더 어려워 보였다. 이동속도, 공격 패턴, 거기에 견제에 기습까지 할 수 있는 전투 지능까지. 이 모든 게 조잘 섬은 아예 게임도 안 됐다.

그러니 솔플 방식을 무조건 찾아야 했다.

2. 주문서 활용법. 골드 사용 방법.

그렇다면 결국 장비발, 강화발로 가는 수밖에 없었다.

석영은 현재 얼마나 있는지 생각해 봤다.

창고에 있는 골드는 약 60만 골드. 돈이 될 만한 물건으로는 무기, 정신 강화 주문서가 한 장씩, 그리고 순간 이동 반지, 이렇게 세 개다. 자잘한 잡템도 있지만 그건 다 팔아봐야 약값도 제대로 안 나온다.

석영은 무기, 정신 강화 주문서는 자신에게 사용하기로 했다.

순반은 팔 수가 없다. 시세가 형성되어 있지 않아 부르는 게 값이겠지만, 이건 그냥 자신이 쓰는 게 훨씬 낫다는 판단이 들었다. 그리고 아직 안개가 끼어 흐릿하지만 잘하면 제대로 된 순반 이용 사냥법이 나올 것도 같았다.

그러니 절대 팔면 안 되었다.

"60만 골드가 전부니까… 결국 할 수 있는 방법은 속도전밖에 없어."

무기 강화 주문서 한 장이 10만 골드이다.

무기 쪽이니 강화는 +6까지는 안전하게 갈 거다. 그렇다면 결국 오른발, 왼발 둘 다 +3까지가 한계다. 저번에 아영이 한쪽만 강화되면 밸런스가 안 맞는다고 했으니 차라리 균형을 맞추는 게 좋았다.

3. +5 타락 천사의 활.

가장 중요한 3번이다.

이건 절대로 떨어뜨려서는 안 될 놈이다. 반드시 지켜야 하고, 앞으로 모든 사냥의 중심이 될 무기이다.

본토로 나와 죽은 파티가 그랬다. 장비 중 하나가 랜덤 드랍이 된다고. 죽음은 석영으로서는 반드시 피해야 했다.

나행이라면 다른 온라인 게임과는 달리 특정한 던전이 아

니라면 어떤 사냥터든 주문서를 통해 즉시 귀환이 가능했
다. 그러니 만약 안 될 것 같다 싶을 때는 주저 없이 주문서
를 찢어 튀는 게 최고였다.

일단 이 정도면 대충 방향성은 정리가 됐다. 남은 건 들어
가서 차근차근 실험을 해봐야 한다. 절대 무턱대고 공격은
불가능했다.

"후우, 더블 샷, 파워 샷만 배우면 딱 좋겠는데."

더블 샷은 이 연격 고속 속사, 파워 샷은 기를 모으는 설
정으로 삼 초간 쿨타임 후 제대로 한 방을 노리는 샷이다.

이 두 가지 기술만 있어도 아마 사냥은 더욱 쉬울 것이다.
생각해 보니 글로츠 마을에서 마법이나 기술을 알아보지 않
았다는 걸 안 석영은 접속하면 제일 먼저 찾아봐야겠다고
생각했다.

그렇게 정리를 끝낸 후 담배를 한 대 피우고 석영은 잠에
들었다.

*   *   *

아영은 또 음성 메시지로 넘어간다는 안내 멘트에 핸드폰
을 내던지고 괴성을 내질렀다.

"아아아아악! 아악! 아, 짜증 나! 아, 짜증 나아!"

그리고 침대에 누운 채 아주 지랄 발광을 했다. 스프링이 고장 나는 게 아닐까 싶을 정도로 거친 움직임이다.

팡! 팡! 팡!

저 가녀린 팔에 내려쳐지는 침대가 비명을 내질렀다. 양팔을 강화한 아영이다.

사과즙도 손으로 짜낼 정도로 근력이 전체적으로 올라간 상태이니 이상한 일은 아니었다.

"사내새끼가 진짜! 아, 진짜! 그런 것도 이해 못 해줘? 아, 짜증 나! 짜증 난다고! 아아아악!"

하이 톤의 고함인지라 어쩌면 유리가 깨지는 건 아닐까 싶을 정도이다.

지금 있는 오피스텔이 방음을 철저하게 해서 그렇지, 아니었으면 옆집에서 득달같이 달려와 초인종을 눌러댔을 것이다.

"그리고 뭐? 니가 뒈져보라고? 어떻게 그런 말을 할 수 있지? 어? 어떻게 그런 말을 하냐고! 이씨! 이씨이!"

그 말을 내뱉을 때는 분위기가 급변하더니 두 눈에 눈물이 그렁그렁 맺혔다.

'왜! 왜 그런 말을 하냐고! 서운하게! 히잉!' 하고는 결국 눈물을 흘렸다. 아영이 지독한 마이 페이스이지만 상처를 안 받는 건 아니었다.

오히려 더욱 잘 받는 편이라 그런 척하는 건… 아니지만 그래도 여자다. 게다가 배우인 만큼 섬세한 감정도 분명 그녀 마음속 어딘가에 있긴 있다. 지금 그 섬세한 감정이 많이 상했다.

정석영.

그녀에게 그는 게임상의 동료였다. 오 년을 넘게 알고 지냈지만 가까울 땐 가깝고 멀 때는 먼, 그런 혈맹 동료 딱 그 정도였다. 그러다 자신에게 무슨 바람이 불었는지 석영을 찾아 충주까지 갔다.

그렇게 인연이 시작됐다.

사실 이후 석영에게 타천 활이 버그로 딸려 왔다는 소리를 듣고 좀 물어가려 한 점은 분명히 있었다.

하지만 그 이전에 석영이 믿음직해 보인다고 느낀 게 먼저였다. 게임상에서도 그랬지만 석영은 언제고 자신의 일보다 동료의 일을 우선시해 주는 성향이 있다는 걸 알았기 때문이다.

그리고 석영이 아웃사이더더라는 것도 알았다.

그는 자신의 얘기는 거의 꺼내지 않았지만 늦은 밤, 감성이 터지는 새벽이 되면 사냥은 피곤하다며 그냥 도란도란 얘기를 꺼내기도 했다. 인생 얘기, 가족 얘기 등. 그때도 항상 석영은 자리에 있었지만, 물어봐도 자신의 얘기는 거의 하질 않았다.

뭔 일을 하느냐고 물었을 때 백수라고 한 걸로 보아 아웃사이더라는 걸 알 수 있었다.

"히이잉……."

아영은 베개에 얼굴을 파묻고 결국 닭똥 같은 눈물을 흘리고 말았다.

전화를 걸어도 금방 넘어가는 걸 보니 수신 거부다. 톡은 아예 읽지도 않는다.

그가 자신을 배척해서 눈물이 나는 건 아니었다. 그냥 마지막 그의 냉정한 얼굴과 가슴을 후벼파는 말이 아팠다. 비슷하지만 다른 이유였다.

하지만 아영은 역시 아영이다. 회복이 진짜 매우 빨랐다.

"으씨! 이렇게 있을 순 없어! 이딴 기분 더러운 날엔 역시 술이지!"

내던진 폰을 다시 들고 온 아영은 주소록을 검색했다. 여기저기 연락해 봤지만 받는 사람이 거의 없었다. 다들 지금 국가 프로젝트에 참여해 정신이 없는 것이다.

시무룩해지려는 찰나, 맨 마지막에 아영은 희망을 다시 찾았다.

지원 언니.

통화 버튼을 누른 지 얼마 안 돼 상대방이 전화를 받았다.

―왜?

"언니, 한잔하죠?"

―집으로 넘어와.

"넵!"

지나치게 쿨한 대답에 아영은 전화를 끊자마자 빛의 속도로 옷을 갈아입고 대충 모자를 뒤집어쓴 채 오피스텔을 나섰다.

＊　　　　＊　　　　＊

밖으로 나선 지 한 시간 만에 얼굴이 붉어질 정도로 취한 아영이 팔을 붕붕 휘두르며 소리쳤다.

"아니, 남자가! 그런 말 한 번 했다고 그런 막말이나 하고! 아, 진짜 그때 콱 뺨따귀를 날렸어야 하는데!"

"……."

거실이 떠나가라 고함치는 아영 앞에 앉은 여인, 한지원은 조용히 바라보기만 했다. 한 손에 소주잔을 들고.

여배우 한지원.

이제 서른다섯이 된 여배우지만 데뷔한 지는 십 년이 채 안 됐다.

하지만 한쪽 분야, 액션 영화나 드라마 쪽에서는 가히 한

국을 넘어섰고, 전 세계가 인정하는 톱클래스의 여배우다. 그녀는 모든 액션 신을 엑스트라 없이 소화했다. 차에 부딪치는 신이나 고층 건물에 매달리는 신도 전부 소화 가능한 보기 힘든 여배우였다. 아니, 전무후무한 여배우였다.

특히 그중 가장 잘하는 장르는 건 액션이었다. 총을 다루는 솜씨가 현역 군인 뺨칠 정도로 능수능란했고, 자세는 물론 호흡까지 완벽했다. 두 번째는 현실감 넘치는 근접 박투였다. 특히 삼 년 전 할리우드에 진출해 찍은 처절한 액션 신은 온 세상을 놀라게 했다.

그런 능력에 외모 되지, 내면 연기까지 되니 국보급 배우로 성장하는 데 걸린 시간은 고작 이 년 남짓이었다.

그런 한지원은 아영이 가장 믿고 의지하는 동료였다. 따지자면 한지원이 후배지만 전형적인 외강내유인 아영이 고충이 있으면 가장 먼저 털어놓는 사람, 그게 한지원이었다.

"짜증 나! 어떻게 나보고 뒈져보라고 할 수 있죠? 네? 흐잉, 흐이잉!"

"그만, 그만 울어. 예쁜 눈 다 붓네."

"히잉! 억울해서 그래요! 억울해서! 아무리 그래도 그렇지! 어떻게 나한테 그래! 흐아아앙!"

울지 말라니까 더 우는 아영의 모습에 지원은 고개를 절레절레 저었다. 그러더니 소주잔은 내려놓고 맥주잔에 소주를 가득 따라 마치 물처럼 쭉쭉 들이켜는 지원. 그러면서도 눈썹 한번 꿈틀거리지 않았다. 술고래가 여기 있었다.

"그만 울랬지. 언니 귀 아프다."

"흐아아앙!"

"귀 아프다고 했는데."

"흐그으……"

착 가라앉은 지원의 말에 아영의 울음소리가 급속도로 줄어들었다.

서른넷의 김아영. 데뷔로 따진다면 분명 아영이 선배이긴 한데, 그럼에도 선배 대접을 해주고 있을 정도로 지원은 아영에게 가깝지만 무서운 사람이었다.

그리고 예전에 한번 선배로서 분위기를 잡아보려다가 지원의 눈초리에 살짝 지린 이후 절대로 지원에게는 개기지 않았다.

오히려 언니, 언니 하며 매달렸다. 생존 본능이었다. 천하의 김아영도 꼬리를 말 정도로 한지원은 카리스마가 넘쳤다.

당시 그녀의 눈빛은 이렇게 말하고 있었다.

이걸 죽여, 말아.

정말 진심으로 하는 그 고민에 재깍 꼬리를 만 건 아영의 인생 통틀어 가장 잘한 일 중 하나였다. 그런 지원이 한숨을 내쉬고 말했다.

"다시 천천히 말해봐. 나 지금 아영이가 뭔 소리 하는지 하나도 모르겠어."

"그러니까요… 그게요… 훌쩍! 크응!"

휴지에 코를 푼 아영은 처음부터 설명을 시작했다.

석영이란 사람이 있고, 같이 사냥을 하게 됐고, 본토로 넘어갔고, 고블린 다섯 마리한테 죽을 뻔했고, 여관에서의 일까지 상세하게는 아니지만 제대로 알아들을 수 있게 설명했다.

지원은 아영의 말을 중간에서 끊지 않았다. 마지막으로 석영이 한 막말, 파티 끊기까지 얘기하고 그 남자가 지금 자기 연락을 아예 차단했다고 말하는 걸로 설명이 끝났다.

"어때요? 되게 나쁜 남자죠?"

"흐음, 우리 아영이가 사랑에 빠졌나? 이런 반응을 보이는 건 또 처음이네?"

"으윽! 그런 거 아니거든요! 그냥… 그냥 내 렙 업 버스라서 같이 다니는 거거든요!"

"렙 업 버스?"

"아, 그런 게 있어요. 이건 비밀이라서. 에헤헤, 이해해 주세요! 쨌든, 사랑은 아니에요! 언니가 모르나 본데, 저 눈 엄청 높아요!"

"알지, 네 눈 높은 거."

"알죠? 그죠? 건 오빠나 빈 오빠도 내 성에 안 차거든요! 근데 석영 오빠는 되게 평범해요. 그런 남자를 무슨 사랑……."

"얼굴 뜯어먹고 살게?"

"그건 아니지만… 이왕이면 다홍치마라고, 얼굴도 잘생기면 좋지 않겠어요? 히히."

"얼씨구."

"에헤헤! 아, 이게 중요한 게 아니지! 언니 생각은 어때요? 그 오빠가 잘못했죠? 그죠? 제가 잘못한 거 아니죠?"

"음, 누구 잘못도 아닌 거 같은데? 반대로 얘기하면 둘 다 잘못했고."

"네? 어! 왜요?"

아영은 화들짝 놀랐다.

지원은 자신의 편을 들어줄 거라 생각했기 때문이다. 근데 누구 잘못도 아니라니, 당장에 얼굴이 상처받은 가련한 여인이 되었다.

콩.

핵 꿀밤이 아영의 머리로 떨어졌다.

"아야!"

"쇼하지 말고 일단 들어봐. 이건 언니 생각이긴 한데, 아마그 남자가 그런 행동을 한 건 너나 그때 있었다는 두 사람,

그리고 자신을 지키기 위해서였을 거야."

"그 정도는 알아요."

"그리고 그때 상황에 딱 게임상 죽음이 주는 패널티를 알아내야 했던 거고."

"네, 그것도 맞아요."

"그래서 그 남자는 막았어. 아무도 하지 않으면 결국 그 패널티는 스스로 알아내야겠지? 하지만 누군가 할 상황이 왔다면?"

"하지만 목숨이 걸려 있는 일이잖아요! 말리는 게 정상이죠!"

"그래, 그게 도덕적으로 옳은 선택이지."

"그럼 정답 아니에요?"

"아영아."

"네?"

지원은 입가에 뭔가 서늘한 미소를 그려놓고는 잠시 뜸을 들이다 말했다.

"나보다 이 바닥에 오래 있었잖아. 정말 그게 정답이라고 생각해? 그게 현실적으로 가장 옳은 선택이라고 생각해?"

"그거야……."

아영은 말문이 막혔다.

억지로 부정하고 있던 게 결국은 한지원이란 카리스마 넘치는 여배우의 힘에 끌려와 단숨에 아영의 앞에 무릎 꿇었다.

"아니지? 도덕적으로 옳다고, 현실적으로 옳은 판단이 아니라는 걸 너는 잘 알잖아. 그것도 너무 지나치게 잘 알지 않니?"

"하아……."

그 말에 아영은 한숨을 내쉬고는 입술을 질끈 깨물었다. 사실 알고는 있었지만, 자존심 때문에 부정하던 감정을 지원이 그냥 대놓고 건드렸다. 수치심이 느껴졌다.

"그 남자는 너무나 현실적이었던 거야. 그럼 너는… 현실적인 척을 했던 걸까나?"

"아! 그건 아니에요!"

"후후, 농담이야. 얼굴이 너무 심각해서 장난 좀 쳐봤어."

"아아, 언니!"

"이야, 아영이 이런 모습 귀엽네? 남자 때문에 아파하는 아영이라니, 네 팬들이 알면 아마 놀라 까무러칠 거야. 겉으로는 온갖 도도한 척 다 하잖니."

"아, 언니!"

"호호호, 알았어. 안 할게. 어쨌든 언니 말 이해했지?"

"네, 너무 잘 이해했어요. 근데요."

"응?"

"그렇다고 석영 오빠가 전부 잘한 건 아니죠?"

"그럼 아니지. 너무 현실적인지라 도덕성을 무시했으니까."

"그죠?"

"응, 그래."

"후후, 그럼 됐어요. 아, 이제 뭔가 좀 풀리는 거 같네요. 가슴이 시원해요. 이힛! 언니, 건배!"

"건배. 근데… 아영아."

"네?"

"시원할 가슴은 있니?"

"악! 와악! 언니, 그거 내 아킬레스건인데! 우씨! 우씨씨!"

"아하하하!"

그렇다.

성공한 아이돌 출신 여배우 김아영의 유일한 단점이라면 가슴이 아스팔트 껌 딱지라는 점이다. 신은 공평하다는 말처럼 아영에게는 외모를 주고 성격을 가져가셨고 늘씬한 팔등신 각선미를 줬지만, 그중 몸매의 화룡점정이라 할 수 있는 가슴을 쏙 가져가 버렸다.

방방 날뛰던 아영이 갑자기 멈추고는 지원의 얼굴과 가슴을 바라봤다. 잠깐 보다가 인상을 와락 쓰더니 고개를 푹 숙였다. 숙인 상태에서 흘러나온 한마디.

"…아씨, 술맛 떨어져."

"어머, 왜 그러니?"

"아, 몰라요!"

배우 한지원.

그녀는 신의 실패작이었다.

실패작인 지원을 계속 찌릿찌릿 노려보다가 결국 깊은 한숨을 내쉰 아영은 소주를 기똥차게 꺾어 마시고는 화제를 돌렸다.

"언니, 언니는 리얼 라니아, 그거 없었어요?"

"그거? 그게 뭔데?"

"노름요. 그리고 접속해 주는 신녀랑."

"아아, 그때 언니 다른 집에 있었어. 그래서 거기에 만들어졌더라."

"그래요? 근데 언니도 라니아 했어요?"

"예전에 네가 하도 한번 해보라고 해서 그때 해본 게 전부야. 잘 몰라."

"아, 맞다. 그럼 접속은 해봤어요?"

아영은 은근슬쩍, 그리고 살짝 기대심을 담고 지원을 바라봤다.

그녀가 아는 지원의 몸 쓰는 능력은 단순히 잘한다는 정도가 아니었다. 수많은 영화를 보고 수많은 드라마를 봤지만 아영은 지원처럼 정말 현실감 넘치고 아름다운 액션을

본 적이 없었다.

그런 그녀가 리얼 라니아에 접속하면?

리얼 라니아는 그냥 온라인 게임 라니아와는 설정만 같을 뿐 나머지는 완전히 달랐다. 진짜 전투를 치러야 하는 부분이 특히 가장 달랐다.

"해봤지."

"오! 아직 조잘 섬이죠?"

"아니. 이제 본토 갈 수 있는데? 흑기사 대장? 그거 잡고 종료했어."

"헐! 누구랑요? 언니, 누구랑 같이하는데요?"

"나 혼자 하는데?"

"혼자? 네? 뭐라고요?"

"혼자 한다고."

"호, 혼자 잡았어요? 흑기사 대장을?"

"웅. 왜? 그러면 안 돼? 약하던데?"

"아, 아니에요……."

역시 몸을 쓰는 능력 자체가 다르다. 아영은 지원의 얼굴, 가슴, 그리고 몸 전체를 스캔하듯 훑었다. 그렇게 발끝까지 훑고는 고개를 돌려 벽걸이 거울을 바라봤다.

"왜 그러는데?"

"……."

외모, 심지어 자신보다 서너 살은 어려 보인다. 저 나이에 저런 베이비 페이스라니, 놀라울 뿐이다. 그러니 외모는 한지원 압승.

가슴, 설명할 필요도 없었다. 브래지어를 안 해 축 처진 가슴을 테이블에 기대어놓고 있다. 반대로 아영은?

울컥 눈물이 올라오는 아영이다. 그러니 가슴도 한지원 압승.

체형은?

아영은 비교를 포기했다.

한지원은 신의 실패작이었으니까.

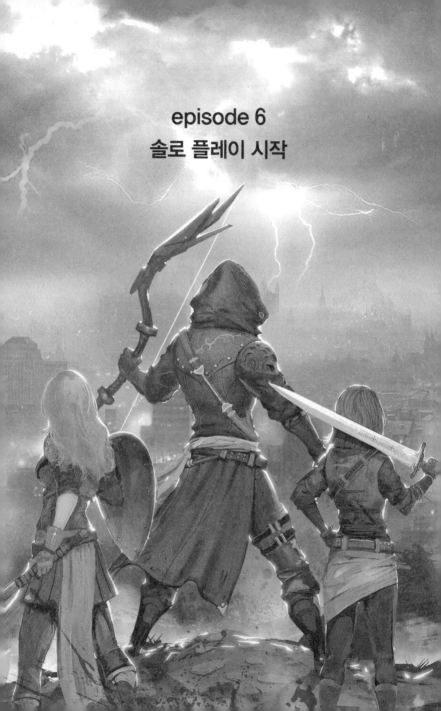

아침에 눈을 뜬 석영은 일단 배를 든든하게 채우고 몸을 깨끗이 씻은 다음, 바로 리얼 라니아에 접속했다.

딱 하루 지났을 뿐인데 글로츠 마을은 다른 모습이었다. 초보 튜토리얼만 혼자 하고 본토부터는 모든 유저와 함께 사냥을 할 수 있는 것 같았다.

마을로 들어선 석영은 일단 글로츠 마을의 모든 건물을 드나들었다.

혹시라도 스킬이나 마법을 판매하는 곳이 있는지 알아내기 위해서였다.

한 시간이 넘도록 마을을 이 잡듯이 뒤졌지만 스킬이나 마법을 파는 곳은 없었다. 그래서 당연히 실망한 석영이다.

파워 샷은 바라지도 않았다. '페스트 무빙' 요정 전용 스킬은 더더욱 기대도 안 했다.

'더블 샷이라도 있으면 했는데… 역시 없네.'

없을 거라고 대충 예상은 했다.

현실에서도 능력이 발현되는 판국이다. 그럼 리얼 라니아 상 마법을 배우면 현실에서도 마법을 쓸 수 있다는 소리였다. 튜토리얼만 쉽고 진짜 본토부터는 더럽게 어려운 리얼 라니아가 그렇게 쉽게 밸런스를 맞춰줄 것 같지는 않았다.

그렇다면 마법이나 스킬을 얻는 방법은 딱 하나다.

'전부 드랍 템이라는 거지.'

그것도 쉽게 드랍하지는 않을 것이다. 이 상황에 힐 마법이라도 나오면?

그건 어마어마한 반향을 현실에서도 끼칠 것이다. 라니아 홈피에도 아직 마법이나 스킬을 익힌 사람이 없으니 어쩌면 등장과 동시에 히어로로 추앙받을 가능성도 있었다.

'다 됐고, 사냥 방법부터 익히자.'

석영은 강화 주문서를 파는 상점으로 갔다. 어째서 현실에서도 적용되는 강화 주문서를 시작 마을 글로츠에서 파는지 모르겠지만, 이건 굳이 나쁘게 생각할 게 아니었다. 어쨌든 석영에게는 매우 좋은 상황을 만들어줄 테니 말이다.

총 다섯 장을 사고 창고에서 한 장을 꺼낸 다음 여관방에서 전부 다리에 강화를 걸었다. 양쪽 각각 +3.

신기했다.

아영이 그랬다. 힘이 넘친다고.

그 말을 잘 공감하지 못했는데 이제야 알 것 같았다.

퉁! 퍽!

제자리에서 점프를 해봤더니 머리가 천장에 처박혔다.

"아으……."

하필이면 모서리에 찍혀서 두피가 찢어지는 고통이 따라왔다. 힘껏 뛰지도 않았는데 평소의 두 배 이상 서전트 점프가 된다.

그렇다면 달리는 것도 마찬가지일 거란 생각이 들었다. 약까지 충분히 챙긴 뒤 석영은 마을을 벗어났다.

＊　　　　＊　　　　＊

석영은 시작부터 고블린에게 가지 않았다. 놈들은 최소 네다섯 마리씩 움직인다고 했다. 그건 아직 석영 혼자서 잡기에는 무리였다.

그래서 어젯밤 잠들기 전까지 계속 생각했다. 어디부터

사냥을 시작할까. 잠시 생각 뒤에 찾을 수 있었다.

글로츠 마을 선착장에서 바로 오른쪽으로 가다 보면 포도밭이 나온다. 그리고 그 포도밭에는 맹수 종류의 몹이 있었다.

길들이기도 가능한 비글, 도베르만, 세퍼드, 이런 종류의 개과 맹수다. 개과 몹이라 실제 라니아상에서는 쪼렙도 수련검을 차고 잡을 수 있지만 고블린이 이렇게 세진 마당이니 이놈들도 세졌을 거란 생각이 들었고, 그 생각은 적중했다.

하지만 너무 적중해 버렸다.

"맙소사!"

석영은 저도 모르게 신음을 흘렸다. 비글이 무슨 늑대 새끼만 하다. 아니, 늑대는 좀 오버이고 못해도 여우만큼 덩치가 컸다.

개를 안 키우니 지식은 별로 없는 석영이지만, 비글이 저렇게 크면 그건 비상식적이라는 것 정도는 알고 있다. 실제로 거의 두 배 이상 컸다.

"역시 쉽지 않다… 이거지?"

찌릿! 찌릿찌릿!

등골을 타고 소름이 내달렸다.

좌절보다는 온몸으로 짜릿한 흥분이 내달렸다.

잡을 수 있을까, 없을까?

가능성을 마음속 저울에 올려놓아 봤다.

전자로 훅 기울었다.

근데 사실 잡을 수 있다는 마음가짐보다는 이것도 혼자 못 잡으면 앞으로 솔플은 절대 불가능할 거라는 생각 때문이다.

슥, 슥슥.

바닥에 코를 대고 쿵쿵거리는 비글의 뒤로 이동하는 석영. 이미 그의 손에는 어두운 자태를 뿌리며 새까만 타천 활과 은회색 화살이 잡혀 있었다. 미스릴 화살이었다.

타천 활의 기본 옵션인 무형 화살을 썼다가는 바로 알아볼 테니 한동안 기본 대미지가 좀 떨어지는 미스릴 화살을 사용해야 했다.

그래서 돈이 훅 빠져나갔지만 돈 아껴서 은화살을 샀다가는 사냥 효율성이 너무 떨어졌다.

뒤를 잡은 석영은 화살을 대에 걸었다. 그리고 있는 힘껏 당겼다.

두드드득!

팽팽하게 당겨지는 시위 소리가 석영의 몸속에 있던, 아니, 도덕성에 눌려 있던 인간 본연의 전투 본능을 급속도로 일깨웠다.

가상현실이 아니다.

저건 생물체다.

하지만 이건 또 게임이기도 했다.

멘탈 보정 시스템이 급속도로 석영의 뇌리를 장악하며 피어오르던 죄악감을 지워 버렸다. 옆구리를 생각한 타깃 고정 감각이 흔들리더니 이내 멈췄다. 반짝하며 전구가 켜지듯 뇌리로 신호가 왔다.

퉁!

시위가 튕겨지는 소리 뒤로 컹, 하는 비글의 고통에 찬 비명도 같이 흘러나왔다.

석영은 재빨리 다시 시위에 화살을 걸면서 상체를 숙였다. 이곳은 수풀이다. 고개를 숙이며 숨을 수 있다.

하지만 석영이 깜빡한 게 있으니 개의 후각과 기척 감지 본능이다.

—컹! 컹컹!

소리가 급속도로 가까워졌다.

엄폐는 물 건너간 걸 안 석영은 곧바로 상체를 세워 세시 방향으로 튀어 나갔다. 수풀에서는 풀이 발목을 잡아 오히려 기동성이 떨어진다. +3 하체 강화의 효과가 나타났다. 상체가 고꾸라질 정도로 이동해 흡사 무협 소설의 궁신탄영 정도의 효과가 나왔다.

—컹! 컹컹!

―크아앙!

비글의 짖는 소리는 가까워지지 않았다. 슬쩍 고개를 돌려보니 흉악하다 싶은 맹수의 얼굴을 한 비글이 뒤쫓아 오고 있었다.

하지만 거리는 좁혀지지 않았다. 아니, 조금씩이지만 오히려 가속도가 붙으니 점점 멀어지고 있었다.

쉬익!

무릎까지 오는 바위를 뛰어넘은 석영. 착지와 동시에 좀 더 달리다가 바로 멈춰 서면서 뒤로 돌아 시위를 당겼다. 그러자 컹, 하고 비글이 바위를 뛰어넘는 모습이 보인다.

퉁……!

그 모습에 바로 재워놓은 시위를 놓는 석영.

퍽!

―깨갱!

미스릴 화살은 그대로 직선으로 날아가 공중에 있던 비글의 목 아래에 꽂혔다. 그 한 방에 비글은 바닥에 서지 못하고 그대로 처박혔다.

―끼잉, 끼이잉…….

옆구리와 목 아래에 화살 한 발씩을 꽂은 채 숨을 헐떡이는 비글. 석영은 그 모습에도 견제하면서 다가갔다.

"미친……."

그리고 완전히 다가갔을 때, 억눌린 욕설이 목구멍을 타고 흘러나왔다. 사나운 기색을 완전히 잃고 숨을 헐떡이는 비글의 모습은 현실이었다.

―헥, 헤엑, 낑, 끼이잉…….

애처로운 모습은 이제 곧 숨이 넘어가기 일보 직전으로 보였다.

석영은 이를 악물었다.

원거리 공격이다 보니 손맛은 당연히 느낄 수 없었다. 멘탈 보정. 도덕성을 날려 버리고 죄악감도 같이 보내고 리얼라니아에 적용시켜 주는 모든 유저의 기본 시스템. 두 가지가 가져온 결과는 생명체의 살인이었다.

석영은 닭 모가지도 비틀어본 적이 없었다. 잡아봐야 벌레 정도가 전부이다. 눈을 질끈 감은 석영은 비글의 목에 발을 올려놓고 심호흡을 한 뒤 그대로 힘을 줘서 밟았다.

두둑! 뚝!

목뼈 부러지는 소리가 천둥처럼 석영의 고막을 때렸다. 이어 멘탈 보정도 막지 못한 지독한 혐오감이 온몸으로 스며들었다.

눈을 떠 발밑을 봤다. 혀를 빼문 채 축 늘어진 비글의 시체가 보인다. 사라지지 않았다. 분명 몬스터인데 사라지지 않았다. 이게 사사하는 바는 딱 하나이다.

이게 완전한 현실이라는 것이다.

"돌겠네, 이거."

다시 등골을 타고 소름이 내달렸다.

"후우, 후우우……."

크게 심호흡을 한 석영은 마음을 정리했다. 이때 또 멘탈 보정 시스템이 발동했는지 좀 더 빠르게 마음이 가라앉았다.

"이제 이걸 어쩐다……."

사냥은 성공했다.

비글을 잡았다.

그런데 시체는 사라지지 않았고, 조잘거리는 섬처럼 돈도 떨어뜨리지 않았다. 아이템도 마찬가지다.

"극 초반이면 가죽이라도 충분히 거래 물품에 들어갈 텐데… 그럼 가죽을 직접 벗겨야 되나?"

미친, 그건 싫었다.

아무리 그래도 그렇지, 스스로 생물체를 도축하고픈 마음은 절대로 없었다. 하지만 분명 방법은 있을 것이다.

그나마 게임 시스템처럼 보이는 인벤토리에 넣어보는 석영. 생각이 맞았는지 시체가 사라져 인벤토리에 안착했다. 아이템명은 비글 사체 +1, 이런 식으로 표기됐다.

이런 건 또 게임과 다를 게 하나도 없었다.

리얼 라니아, 아직 밝혀진 게 너무 적었다.

하긴, 리얼 라니아가 현실에 강림한 지 십 일 정도밖에 지나지 않았다. 정보가 넘쳐나는 게 이상한 일이다. 그러니 앞으로는 유저끼리 스스로 개척해야 한다.

이 개척이 신세계로 가는 걸음일지, 아니면 아포칼립스로 가는 걸음일지 아직은 누구도 몰랐다.

*　　　　*　　　　*

열 마리.

석영이 잡은 비글의 수다.

에계… 고작 열 마리?

일곱 마리는 쉽게 잡았고, 세 마리는 난전을 벌여야 했다.

허벅지와 팔뚝, 어깨를 물렸고, 그 지독한 통증에 절로 고통에 찬 비명을 질러야 했다.

하지만 그래도 다행인 건 물약이 있다는 점이다. 판타지 소설의 포션처럼 끊어지고 찢긴 근육까지 급속 재생을 가능하게 해주는 게 물약이었다.

다만 마시는 것보다는 상처에 뿌리는 게 더 효과가 좋다는 점이 아주 살짝 달랐다.

하지만 육체의 상처는 치료됐어도 영혼에 입은 상처는 치료되지 않았다. 석영은 열 마리째 난전 사냥이 끝났을 때 정말 정신적으로 너무 지쳐 버렸다.

그러니 고작 열 마리?

그런 소리는 하지 말자.

마지막 비글 시체를 인벤에 넣는 즉시 귀환 주문서를 꺼내 찢었다. 마을로 돌아온 석영은 잠시 동안 괴리감에 빠졌다.

전투는 완전 현실이었다. 인간 개개인의 통각 능력이 모조리 적용된다.

그런데 그 외적인 부분에서는 또 게임이었다.

현실과 게임이 적절하게 믹스된 이상한 세계, 혹은 신세계.

석영이 내린 결론이다.

"후우!"

한숨을 내쉰 석영은 가죽 상인을 찾아갔다. 가죽 상인 호편. 석영은 호편의 말을 듣고는 얼이 빠졌다.

"안 산다고?"

"아니, 내가 가죽 상인이지, 사체 상인인 줄 알아! 가죽을 가져와, 가죽을!"

"......"

허, 어허허.

어처구니 가출 사건이란 B급 영화가 생각났다. 정말 다 본 뒤 어처구니가 없었을 정도로 아무런 생각도 없이 본 영화였다. 내용도, 감동도, 반전도 없는 그런 영화. 지금 딱 그 기분이다.

쫓겨나듯 밖으로 나온 석영은 잠깐 제자리에 멈춰 섰다.

'설마 이거 내가 다 도축해야 돼?'

설마, 말 그대로 설마다.

근데 설마는 항상 사람을 잡지 않았나?

믿는 도끼는 언제나 발등을 찍고.

그런 생각이 들자 스멀스멀 불안해졌다. 그러다 고개를 세차게 저었다. 석영은 일단 신녀를 찾아 로그아웃을 했다.

그리고 라니아 홈피에 접속해 시체를 검색해 봤다. 그러자 몇 개의 게시물이 있었다.

급한 마음에 바로 클릭했다. '전부 어떻게 처리하나요?' 하는 내용이었고, 댓글도 별다른 건 없었다.

하지만 마지막 게시물에서 석영은 방법을 찾았다. 마을 북서쪽에 있는 시체 처리꾼을 찾으라는 내용이었다.

석영은 바로 컴퓨터를 종료하고 다시 라니아에 접속했다. 세상을 오가는 기묘한 일이지만 이제는 이마저도 익숙했다.

댓글대로 북서쪽으로 움직이는 석영. 시체 처리꾼은 어렴지 않게 찾을 수 있었다.

마을을 뒤질 때는 그냥 지나쳤는데 건물 정면에 '글로츠 사체 처리 상회'라고 턱 하니 간판을 붙인 건물이었다. 충수는 전부 오 층. 간판의 네이밍 센스에 헛웃음을 흘린 석영은 안으로 들어갔다.

일 충엔 아무것도 없었다.

입구 정면 끝에 카운터, 그 안에 아가씨 한 명이 있고 그 양옆으로 계단이 있는 아주 단조로운 공간이었다.

"어서 오세요. 카운터 매니저를 맡고 있는 리엘이라고 합니다. 무슨 일을 도와드릴까요?"

"아, 시체를 처리하려고 왔습니다만."

"네, 어떤 종류의 사체인가요?"

석영은 시체라고 했는데 리엘은 사체라고 말했다. 아마 리얼 라니아상 고정 단어인 것 같다.

"비글입니다."

"아, 그러면 맹수형입니다. 이 층 아무 방이나 들어가시면 됩니다."

"네, 감사합니다."

맹수형.

비글은 개고, 개는 개과에 들어가니 맹수형이란 말은 틀린 것도 아니었다. 석영이 몸을 돌리려는데 리엘이 다시 붙

잡았다.

"참, 저희 상회는 처음 이용하시죠?"

"네, 그렇습니다만⋯⋯."

"저희 상회를 이용하시려면 개인 정보가 필요해요. 동의하시겠어요?"

"개인 정보요?"

고개를 갸웃거리는 석영.

리얼 라니아상에서 개인 정보 요구라니, 적잖이 당황스러웠다. 석영의 그런 표정을 본 모양인지 리엘이 방긋 웃으며 다시 말했다.

"아, 걱정하지 않으셔도 됩니다. 라니아 개인 넘버가 필요한 거니까요."

"아아, 넘버 세븐 정석영입니다."

"네, 잠시만요."

이후 눈을 잠깐 감더니 이내 고개를 끄덕이며 작게 '맞네요, 넘버 세븐 정석영 님'이라고 중얼거리더니 재빨리 종이에 적어 석영에게 건넸다.

"회원증이에요. 수수료는 없습니다. 다음에 찾아오실 때는 그 회원증을 건네주시고 대기 번호를 받으시면 됩니다. 그리고 사체 이용료는 별도로 내려오셔서 계산해야 하니 그냥 가시면 안 돼요."

"네."

"그럼 저희 상회 이용 가입에 감사드립니다. 이상 리엘이었습니다."

"네……"

꾸벅.

고개를 숙이는 리엘에게 저도 모르게 마주 고개를 숙여 버린 석영이다.

이건 뭐, 완전히 인간과 다를 게 없었다. 표정, 말투의 어조, 그리고 기척까지 이건 사람이다. 완전 사람과 다름없었다. 그게 무서울 정도였다.

이 층으로 올라가니 무슨 병원처럼 맹수과 1, 2, 3, 이런 식으로 붙은 방이 보였다.

이건 라니아에는 없던 시스템이다. 사체 처리라니. 대충 어떤 식인지 예상은 되지만 일단은 직접 겪어봐야 알 것 같았다.

1번이라는 숫자가 좋아 안으로 들어가니 노년의 마법사가 보인다. 어떻게 마법사인지 알 수 있었냐 하면 그냥 누가 봐도 마법사처럼 보였다.

로브 차림에 지팡이, 이 두 가지를 보고 마법사를 연상 못 하면 그게 이상한 일이다.

"반갑네. 그림텔이라 하네. 사체를 여기 위에 꺼내시게나."

바로 본론이다.

그건 석영에게도 나쁘지 않은지라 사체를 꺼내 넓은 탁자 위에 올렸다. 하지만 비글 열 마리를 올리자 탁자가 꽉 찼다.

"흠, 비글이군. 이놈들이 순해 보이는 얼굴과는 달리 난폭하기 그지없는데 젊은이가 재주도 좋군. 사냥꾼의 기질이 있어. 허허, 전부 처리하겠나?"

"네, 전부 처리하겠습니다."

시스템상 이제부터는 인벤토리에 사체를 들고 다녀야 한다.

하지만 이 정도도 감지덕지한 석영이다. 만약 이런 방식이 아니었다면 사체를 전부 스스로 처리해야 할 판이었다. 그건 절대로 사양이었다.

"그럼 시작하겠네."

휘익.

그림델이 지팡이를 사체 위로 한 번 휘저었다.

그러자 사체가 갑자기 은은한 은빛을 띠기 시작하더니 별가루 같은 빛이 뿜혀 올라왔다. 석영이 신기한 듯 바라보자 그림델이 웃으며 설명해 줬다.

"몬스터의 피가 품은 마력이라네. 이게 물약의 주재료가 되지."

"아아······."

몬스터의 피는 곧 물약이다.

그림델의 말이 이어졌다.

"사실 이것만 추출하면 사체 처리는 거의 반 이상 끝이네. 이제 가죽이나 뼈, 심줄만 추출하면 끝나지."

"아, 그렇습니까? 그럼 여기서 그 세 가지 전부 처리할 수도 있습니까?"

"할 수야 있지. 다만 가죽쟁이한테 파는 것보다는 조금 싸긴 하네. 물론 큰 차이는 없고. 왜, 매각하겠나?"

"얼마나 차이 납니까?"

"보통 여기 있는 걸 전부 팔았다 치면 십만 골드 정도 하네. 하지만 가죽쟁이한테 팔면 십일만 정도는 나오겠지."

일만 골드, 큰 차이다.

별로 차이 안 난다고 하더니······.

일만 골드면 가속 물약이 열 개다.

'어디서 개수작을······.'

그런 생각을 하다 말고 석영은 또 흠칫했다. NPC가 대놓고 사기를 친 거다. 아니, 솔직하게 얘기는 해줬으니 사기는 아닌가?

어쨌든 이런 수작질을 했다는 게 중요했다. 그런 생각을 하는 와중에 그림델의 말이 다시 들려왔다.

"자, 이제 마무리네."

휘익.

지팡이가 다시 한번 원을 그리자, 비글의 사체가 공중으로 떠올라 분해되기 시작했다. 말 그대로 분해였다.

근데 이게 감상할 만한 게 아니었다. 머리부터 가죽이 벗겨지는 게 첫 번째이고, 가죽에 이어 근육, 심줄, 뼈가 분리됐다. 몸속 내부 장기까지 전부 분리됐고, 마력이 빠진 피는 그대로 증발했다.

이게 사체 처리법이었다.

게임처럼 뚝딱은 아니지만, 그래도 직접 처리보다는 나았다. 이 정도만 해도 진짜 감지덕지해야 한다.

"이제 끝났네. 운이 좋으면 분해 과정에서 마력의 정수나 다른 아이템도 떨어지지만 비글이다 보니 당연히 좋은 아이템은 없네. 자네가 직접 봤으니 믿을 수 있겠지?"

"아, 네."

이 과정에서 아마 강화 주문서 같은 게 떨어지는 것 같았다. 조잘 섬, 튜토리얼과는 완전히 달랐다. 좀 더 리얼의 의미를 잘 살려놓았지만 아마 유저들은 치를 떨 것이다. 이 잔인한 현실성에.

"자, 그럼 이제 어떻게 하겠나? 여기서 팔겠나?"

"아닙니다. 제가 직접 처리하겠습니다."

석영은 분리된 사체를 직접 챙겼다.

마력을 봉한 유리병, 가죽, 뼈, 힘줄 등 돈이 되는 것은 전부 인벤토리에 넣었다. 그러자 그림델이 영수증을 하나 써서 건넸다.

"전부 오백 골드네. 밑에 가서 리엘에게 정산하게나."

"네, 그럼……."

고개를 살짝 숙인 석영은 밖으로 나와 일 층으로 내려왔다.

"끝나셨어요?"

"네, 여기……."

"네, 오백 골드입니다."

"여기 있습니다."

"감사합니다. 다음에 또 이용해 주세요."

"네, 수고하세요."

밖으로 나온 석영.

해가 중천을 넘어 이제 서산으로 넘어가는 걸 보니 오후 네 시쯤 된 것 같다.

비글 사체에서 나온 잡템을 전부 처리하고 나니 전부 십이만 골드를 벌었다. 마력은 안 팔았으니 더 나올 것도 같았지만 글로츠 마을에는 마력을 취급하는 상인이 없었다. 아마 더 큰 마을에 가야 나올 것 같았다.

분수대에 앉은 석영은 한 가지 의문이 들었다.

'강화 주문서가 십만. 근데 비글 열 마리를 잡으니 십만 이상… 이건 이상한데.'

매우 이상하다.

사실 이만 정도 예상했다. 많이 나와야 삼만? 그 정도면 화살, 약값 정도는 나오겠거니 했으니까.

이 부분이 매우 이상했다. 이건 밸런스가 순식간에 무너질 수도 있는 부분이다. 이러면 다들 전신을 무기, 갑옷으로 금방 강화시킬 것이다. 초인이 우후죽순처럼 생겨난다는 뜻이다.

그럼 현실에서는?

'더 개판이 되겠지.'

힘을 얻으면 주체 못 하는 게 인간이다.

근데 하물며 그냥 힘이 아니라 초인급의 힘을 얻으면?

하늘을 날진 못하지만 캡틴 아메리카처럼 지상에서는 가히 왕처럼 군림할 능력이 주어지면?

쓴다.

쓰는 놈이 안 쓰는 놈보다 배, 배의 배는 많을 것이다. 그럼 그놈들은 분명 사고를 칠 거고, 안 그래도 개판인 치안을 더 개판 오 분 전으로 만들어 버릴 것이다. 그러니 이런 석영의 의문은 매우 타당했다.

하지만 이런 석영의 의문은 대충 정리를 끝내고 로그아웃을 했을 때 풀렸다.

작성자 아잉오빠. 아영이의 라니아 계정 닉네임으로 올라온 게시물이 의문을 정리해 주었다. 빠르고 짧게 요약하자면 이거 하나였다.

소모성 아이템

무기 강화 주문서를 양팔에 쓴 지 십 일째, 아영의 몸에서 강화 효과는 사라졌다. 아영의 게시물을 보는 순간, 비글 열 마리에 십만 골드의 수입이 나올 수 있었는지 석영은 단숨에 이해해 버렸다.

강화 주문서, 이건 돈 처먹는 괴물이었다.

'그래, 그러면 이해가 가지.'

어째서 본토에서도 가장 하위급 몹이라 할 수 있는 비글 한 마리가 만 골드가 넘는 가치를 가졌는지 이제는 아주 확실하게 이해했다. 강화 주문서는 소모성, 지속성 아이템이었다. 리얼 라니아가 설정한 기한이 지나면 효과가 사라지는, 아니면 아직 밝혀지지 않은 설정이 존재하는 그런 아이템이었다.

'골드, 무시무시하게 필요하겠군.'

석영은 자신의 사냥 방법을 전면적으로 틀어야 한다는 걸 느꼈다.

또한 강해지기도 절대 쉽지 않다는 걸 깨달았다. 라니아 상 강함의 절대적 척도이던 아이템 강화. 만약 아이템에 바른 강화 주문서도 시간 지속 효과로 적용된다면?

아예 돈 먹는 괴물 같은 게임이 된다.

리얼 라니아가 쉽지 않은 세상이라는 건 분명 잘 알고 있었다. 하지만 이 정도로 어렵고 불친절한 세계일 줄은 정말 생각도 못 했다.

솔직히 말하자면 멘탈 보정 같은 세계 자체의 시스템이 없었다면 아예 플레이도 불가능했을 게임이다. '게임'이라 부르기는 하지만 절대 게임 같지 않은 세상이다. 그 안에서는 모든 오감이 살아 있고, 심지어 체력도 소모된다.

그런데 이상하게도 안에서 요리를 먹어도 체력 회복의 효과 따위는 없었다. 도대체가 뒤죽박죽 섞여 있는 설정 같았다.

그래서 너무나 불완전해 보였다. 석영은 순간 자신의 생각에 머릿속에 전구가 켜지는 느낌이 들었다.

'불완전… 하다고?'

불완전이라… 이건 마치…….

"테스트?"

게임이 어느 정도 만들어졌으면 필수적으로 뒤따라야 하는 유저 테스트.

석영은 순간 불길한 생각이 들었다. 유레카를 외치는 게 아니라 어쩐지 현재 리얼 라니아는 테스트 같고 진짜는 뭔가 따로 있는데 이게 결코 인류에, 혹은 자신에게 축복으로 작용할 것 같지 않았다.

띠링.

모니터 하단에 메시지가 왔다는 알림이 작게 떴다. 힐끔 보니 아잉오빠 님이 메시지를 보내셨습니다, 이런 메시지였다.

석영은 마우스를 움직여 메시지 창을 껐다.

안 그래도 복잡한 머릿속인데 여기서 아영이까지 끼면 아주 실타래처럼 꼬여 버릴 것이다. 그걸 알기에 굳이 아영이를 끼게 만들고 싶지 않았다.

눈꺼풀이 슬슬 무거워지기 시작했다. 컴퓨터를 끄고 저녁을 챙겨 먹은 석영은 열 시가 되기도 전에 잠자리에 들었다.

*　　　　*　　　　*

리얼 라니아.

이 믿지 못할 또 다른 세계의 등장에 전 세계는 패닉에,

그리고 환호에 빠져들었다. 아주 극단적인 변화였다.

거의 세계 모든 국가의 정부가 리얼 라니아의 조사를 시작했다.

어떻게 생겼나, 왜 생겼나 등등 육하원칙에 의거한 조사가 아닌, 리얼 라니아라는 게임 자체를 조사했다. 그러다 보니 라니아 소프트사는 세계적으로 다시 재조명을 받았고, 본사에 있는 라니아의 정보를 모든 국가에 풀어버렸다.

그리고 공표했다.

아무것도 숨기지 않겠다고. 가능한 모든 협조할 것이며, 자신들 또한 리얼 라니아를 자체적으로 조사하겠다고. 그 정보 또한 모두 공개하겠다고.

라니아사(社)의 공표는 지극히 당연한 일이었지만 세인들의 박수를 받았다. 운석우 충돌 전의 세상이, 그 사회가 너무나 당연한 일조차 이루어지지 않던 극히 혼란스러운 시기였기 때문이다.

라니아사는 모든 유저의 정보를 전면적으로 검토했다. 덕분에 프로그래머 외에 정보 관련 일을 하는 사람들이 대거 라니아사로 들어갔다.

그리고 2주가 흐른 지금, 하나씩 메인 공지로 리얼 라니아의 설정이 떴다.

1. 게임상 모든 활동은 실제 체력 소모로 이어진다.

2. 게임상 고통은 현실의 고통과 다를 바가 없지만, 현실 육체에 손상을 주지는 않는다.

3. 게임 오버는 현실 시간으로 일주일 간 접속 불가 패널티만 받는다.

4. 게임상 범죄는 경비대에 고발할 수 있으며, 특정 시스템으로 판단 후 범죄자로 인식된다.

5. 범죄자는 경비대에 잡힐 시, 그 죄의 유무에 따라 감옥에 갇힌다. 정해진 시간을 모두 채우기 전까지는 나갈 수 없다.

6. 강화 주문서는 그 어떤 물체에도 사용이 가능하지만, 사용 시간이 존재한다. 이는 강화를 건 시간부터 해당 아이템을 사용한 시간에 따라 결정된다.

7. 장비 아이템 강화는 영원히 지속된다. 단, +4 이상 강화는 실패 확률이 존재하며, 실패 시 아이템은 소멸한다.

8. 리얼 라니아의 세계는 게임상 맵과 같으나, 그 크기는 감히 측정이 불가능하다.

9. 몬스터의 인공지능은 상상 이상이며, 이는 하나의 생물체로 봐도 무방하다.

10. 멘탈 보정 시스템은 현실에서도 적용되니 조심, 경계해야 한다.

11. 통칭 '유저'는 충돌 이전 라니아 계정을 만든 사람으로

제한된다.

   12. 창고 아이템은 현실로 소환 가능 하며, 사용도 가능하다.

   13. 리얼 라니아는 완전함과 불완전함이 공존하는 테스트 세계이다.

   굵직한 것들을 종합했을 때, 라니아가 공개한 건 이 정도 였다. 하지만 이것만으로도 기본 틀 설정은 나왔다.

   따라서 국가도, 라니아사도, 유저들도 리얼 라니아는 게임 이 아니라 또 다른 세상으로 서서히 인식하기 시작했다. 또한 완벽하게 만들어진 세상이 아니고 유동적으로 설정이 변할 수 있는 그런 테스트 세계라 생각했다.

   그리고 모든 유저가 공통적으로 느끼고 있는 점이 있었 다.

   중독성.

   그것도 마약에 버금가는 지독한 중독성이었다.

   또 다른 세계에서의 모험, 사냥, 아이템의 등장은 유저가 된 모든 이를 열광시켰다. 온순하다 못해 소심한 여인도 멘탈 보정의 효과로 덤덤히 사냥을 나가게 됐고, 이어 익숙해 지자 생명을 해치는 행동에도 별다른 죄책감을 느끼지 못하게 만들었다.

   모든 커뮤니티는 리얼 라니아의 얘기로 들끓었고, 슬슬 게임처럼 움직임을 보이는 유저들도 있었다.

혈맹 시스템.

가장 첫 번째로 혈맹을 만든 건 라니아의 모든 혈맹 중 가장 악질적인 놈들이던 '학살' 혈맹이었다. 이놈들은 뒤치기는 기본이고 제조, 사기 등 진짜 게임 안에서 가능한 모든 불법적인 일들을 저질렀던 놈들이다.

경비대 시스템이 알려진 것도 이놈들 때문이었다. 파티를 맺자고 한 다음, 필드로 나가 가차 없이 PK를 저질렀고, PK에 당한 유저 몇몇이 현실성이 끝내준다며 경찰서 개념을 가진 경비대에 신고도 가능하지 않을까 하는 의문에서 시작됐다.

어쨌든 가장 발 빠르게 학살 혈맹이 만들어졌고, 라니아의 경찰 노릇을 자처하던 '정의' 혈맹도 만들어졌다.

두 혈맹은 게임 초반부라 할 수 있는 상태임에도 서로 간 전쟁을 선포했고, 마주치는 순간부터 전투를 벌였다. 게임처럼 머리 위에 아이디가 뜨지 않아 알아보는 것도 힘들었지만, 이 두 혈맹은 모두 신체의 한 부위에 각 혈맹을 상징하는 조각품을 매달고 다녔다.

학살은 난폭한 개, 정의는 법, 혹은 정의를 상징하는 천칭 조각상을 걸고 다녔다. 상당히 멍청한 짓이었지만 이들은 리얼 라니아를 온라인 게임 라니아처럼 즐겼다. 그렇기 때문에 누구도 뭐라 할 수 있는 부분이 아니었다.

이에 또 다른 문제가 생겼다.

강화 주문서는 소모성 아이템이지만. 현실에서도 제대로 적용된다. 현피가 나타난 거다. 학살 혈맹원 중 하나가 싸움이 난 정의 혈맹원을 찾아내 강화된 육체의 힘으로 구타했다. 다행히 크게 다치진 않았지만 문제는 현피가 일어났다는 점이다.

정부는 즉각 반응했다.

폭력에 대한 강력한 제재를 천명했고, 이를 전담할 부서를 따로 신설해 버렸다. 이런 정부의 발 빠른 대처에 다들 고개를 끄덕였고, 박수를 받았다.

이렇듯 세상이 변하고 있었다.

하지만 그 변화된 세상 속에 홀로 고요한 이가 있었으니 바로 석영이다. 석영은 그 흐름에 흔들리지 않고 리얼 라니아에 적응하고 있었다.

* * *

투웅!

은은한 불빛으로 밝혀진 동굴 속을 울리는 둔중한 소성. 석영의 타천 활의 시위가 만들어낸 소리다.

푹!

―크엑!

석영은 비명을 듣는 순간 뒤로 물러났다. 이미 +6까지 강화한 육체 덕분에 허벅지에 화살이 박혀 고꾸라진 고블린과의 거리가 순식간에 벌어졌다.

―크엑! 키릭! 키리리릭!

"이 새끼가 뭐라는 거야?"

석영은 악을 쓰듯 소리치는 고블린을 보며 잠깐 인상을 찌푸렸다가 다시 활을 당겼다.

투웅! 퍽!

―캐액!

정수리를 뚫고 들어간 화살에 고블린이 푸르르 떨더니 이내 앞으로 엎어졌다.

석영은 잠깐 주변을 둘러봤다. 숨어 있는 고블린이 있는지 없는지 확인하는 것이다. 아무것도 없음을 확인한 석영은 고블린 사체를 인벤토리에 넣었다.

'후우, 이걸로 열 마리째. 슬슬 솔플에 익숙해지고 있어.'

이 동굴, 원래의 라니아에는 없던 던전이다. 이 던전을 찾은 건 정말 우연이었다. 비글을 비롯한 맹수형 동물 사냥에 익숙해진 석영은 파티가 아니라면 나가봐야 무조건 게임 오버라는 황무지 쪽으로 다시 향했다.

하지만 길을 따라 걷지 않고 숲을 헤집고 다녔다. 그동안 게시판을 열심히 훑어본 결과, 인간의 손을 탄 길목은 반드시 고블린 파티가 기다리고 있다는 걸 알았기 때문이다.

그래서 숲으로 이동했는데 덜컥 찾아버렸다. 잠깐 쉬려고 등지고 앉은 바위가 주르륵 밀렸고, 바위 밑으로 계단이 있었다. 석영은 그게 직감적으로 던전이라는 걸 깨달았다.

이후 기억 설정을 해놓고 바로 사냥을 시작했다.

어제는 여섯 마리 정도 잡고 귀환했다.

하지만 오늘은 벌써 어제 여섯 마리 잡을 시간 동안 열 마리나 잡았다. 이게 가능한 이유는 동굴이 어두웠기 때문이다. 벽에 횃불이 걸려 있긴 하지만, 그게 동굴의 어둠을 모두 물리치진 못했다.

그런데 웃긴 것이, 어둠이 솔플 사냥을 수월하게 해준 요인이었다.

타천 활의 옵션인 무형 화살. 이 화살의 기본 설정이 어둠이었다. 어둠을 모아 화살로 변형한다는 설정인 거다. 그렇기 때문에 타천 활은 어두운 던전이나 필드에서 훨씬 타격치가 높게 나왔다. 실제 라니아상에서 말이다.

게다가 리얼 라니아는 이상한 부분에서 게임 같은 모습을 보인다 하더라도 기본적으로 극한 현실을 추구한다.

어둠 속에서 어둠으로 만든 무형 화살을 쏘면?

당연히 보이지 않는 게 정상이다. 그리고 실제 고블린들은 무형 화살을 제대로 인식하지 못했다.

　+5 타락 천사의 활.

　석영이 믿고 있던 버그가, 석영에게만 찾아온 버그가, 아파트 한 채 값어치를 가진 버그가 드디어 빛을 발하기 시작했다.

episode 7
관리자 시스템

열 마리를 잡고도 석영은 사냥을 멈추지 않았다. 오히려 좀 더 적극적으로 움직였다.

어둠. 석영에게는 정말 최고의 사냥 조건이었다. 설마 무형 화살이 어둠 그 자체라고 그걸 몬스터가 인식 못 할 줄은 몰랐다.

하지만 이제 알았으니 좀 더 적극적으로 이 점을 사용하기로 했다. 그리고 석영은 여전히 시스템 분석 중이었다.

가장 첫 번째로 알아낸 사냥 시스템은 급소 시스템이다. 흔히 크리티컬이라고도 한다. 심장, 목, 머리 등 인간형 몬스터는 인간과 거의 흡사한 급소를 가지고 있었다. 아니, 거의 똑같았다.

가장 한 방을 노리기 쉬운 급소는 역시 심장이다.

심장을 제대로 저격하면 단방에 죽는다. 그 외의 부위를 공격하면 어쩔 땐 대여섯 방을 버티기도 했다.

그리고 두 번째는 부위별 공격 시 나타나는 시스템이다. 허벅지나 다리를 공격하면 몸의 기동성이 급격하게 떨어진다. 양 허벅지를 전부 꿰뚫으면 제대로 걷지도 못했고, 한쪽만 공격하면 질질 끄는 모습을 보였다.

근데 이걸 사실 시스템이라고 부르기도 애매했다. 생물체라면 당연한 일이었으니까.

하지만 이 당연한 일이 석영의 사냥 방법을 정말 여러 갈래로 나눠졌다. 물론 이런 모든 게 타천 활의 관통력이 없었다면 무용지물이었겠지만, 석영의 손에 쥐어져 있는 것은 타천 활이다. 그러니 이런 사냥 방법은 오직 석영만 가능하다는 뜻이다.

그렇게 석영은 조심스럽게 걸어 들어가다 저 멀리 고블린 두 마리가 나란히 앉아 있는 것을 발견하였다.

―킥, 키킥! 킥! 킥!

둘이서 대화라도 하는지 전혀 알아들을 수 없는 말로 떠드는데, 누가 봐도 주변 경계는 잊은 모습이다.

하지만 석영은 잠시 고민해야 했다.

'두 마리라……'

여태껏 한 마리씩 잡았다. 두 마리가 같이 있는 걸 잡은 경험이 없다. 아무리 고블린이라도 한 마리를 잡는 것과 두 마리를 잡는 사냥에는 큰 차이가 있을 거라는 게 석영의 생각이다.

타천 활을 들고도 다섯 마리의 고블린에 전멸할 뻔한 걸 생각하면 아주 당연한 고민이다.

하지만 석영의 고민은 짧았다.

'이쪽은 기습이지. 목 뒤에 제대로 꽂으면 한 방에 보낼 수 있어. 그리고 그다음 달려드는 놈의 허벅지에 한 방.'

이렇게만 된다면 사냥은 금방이다.

석영은 말라 버린 입술을 침으로 한 번 적시고는 활을 들어 올렸다. 한 방, 딱 한 방만 뒤통수에 꽂으면 된다.

두드드득.

시위가 당겨지며 나는 소리. 동굴이라 소리가 울렸지만, 다행히도 놈들은 알아채지 못했다.

시위가 끝까지 당겨지자 물에 물감이 번지듯 어둠이 몰려들어 화살을 생성했다. 타깃 설정이 끝났음을 알리는 감각이 뇌리로 번쩍했고, 석영은 그 신호에 맞춰 바로 시위를 놓았다.

투웅!

그리고 확인도 하기 전에 시위를 재차 당겼다.

부드드득!

이번엔 그냥 확 잡아당겼다.

퍽!

동굴의 침묵을 깨는 소성. 석영은 그제야 고개를 들었다. 명중했는지 앞으로 고꾸라지는 고블린의 모습에 석영은 저도 모르게 입가에 시린 미소를 그렸다.

—키엑? 키에엑? 킥! 키약! 카아아악!

남은 고블린 한 놈이 벌떡 일어나더니 사방을 살펴봤다. 그러다가 석영을 발견하고는 미친놈처럼 달려들었다.

—카아아아악!

고블린의 괴성은 정말 듣기 힘들었다.

고막을 직접 때리는 것처럼 날카로운 괴성은 멘탈 보정이 없었다면 바로 도망치고 싶을 정도로 소름 끼쳤다.

하지만 석영은 아니었다.

이미 차갑게 굳은 눈으로 시위를 놓았다.

투웅!

퍽!

시위 튕기는 소리가 난 지 얼마 지나지 않아 허벅지를 뚫는 소리가 동시에 울렸다. 앞으로 철퍼덕 쓰러진 고블린이

'키엑! 키에에엑!' 하며 의미 불명의 괴성을 질러댔다.

석영은 다시 주변을 살폈다. 전에 한 번 사냥에 성공했다고 막 다가가다가 불쑥 튀어나온 고블린 하나 때문에 정말 저승 문턱을 넘을 뻔했다.

이후 생긴 버릇이다.

숨을 곳과 기척이 없음을 확인하고 나서야 석영은 부르르 떠는 고블린에게 다가갔다. 그리고 인벤토리에서 단검을 뽑아 들고는 단숨에 놈의 목뒤에 꽂아 넣었다.

푸드득!

전기에 감전된 것처럼 부르르 떨더니 축 늘어졌다.

"……."

눈빛에서 빛이 사라져 가는 게 보인다. 몬스터지만 생명체다. 리얼 라니아가 아무리 게임의 설정을 가졌다고 해도 이건 아무리 봐도 진짜 생명체였다.

하지만 석영의 눈빛에 이젠 죄책감이 없었다. 한 번이 어렵다고들 한다. 그리고 인간은 적응의 동물이라고도 하고. 석영도 같았다.

처음 비글을 잡았을 때나 힘들었지 지금은 무덤덤했다. 이제는 이 새로운 세상을 모험할 수 있다는 사실에 감사할 뿐이었다.

첫 번째 시체를 인벤토리에 넣고 두 번째 시체로 가려던 석영이 잠시 멈칫했다. 피부에 소름이 줄줄이 매달렸다.

그래서 즉각 동굴의 어둠 속으로 숨어들었다.

잠깐 기다리자 보통의 고블린보다 머리 하나는 큰 놈 하나하고 붉은 수정이 달린 지팡이를 든 고블린이 반대편 어둠 속에서 나왔다.

모습에 따라 굳이 분류하자면 하나는 고블린 전사, 하나는 지팡이로 보아 마법사나 주술사이다. 석영은 대번에 눈살을 찌푸렸다.

'고블린 전사, 지팡이는 주술사? 라니아에 저런 몬스터가 있던가?'

석영의 기억에는 없었다.

라니아에서 가장 약한 몬스터에 들어가는 고블린이다. 그래서 고블린은 그 이상의 분류나 이하의 분류 따위가 없었다.

그러니까 오크나 늑대 인간처럼 따로 상위 계급 몹이 존재하지 않는다는 소리다.

근데 지금 눈에 보이는 놈들은 누가 봐도 고블린인데, 지금까지 잡은 놈들과 달랐다.

'보스 몹?'

그럴 수도 있었다.

어차피 이 세계는 모르는 것투성이다. 게다가 완전 초기의 세계. 고블린 계급 보스가 나온 게 그리 이상한 일도 아니었다.

결국 또다시 고민을 시작하던 석영은 이번에도 사냥 쪽으로 마음이 기울었다.

던전 안이지만 어차피 귀환 주문서가 사용 가능하다. 사냥하다 안 되면 바로 튀면 그만이다. 석영은 일단 첫 번째 타깃을 정했다.

고블린 마법사, 혹은 주술사로 보이는 지팡이 든 놈.

늙은 놈인지 주름이 자글자글한 놈을 첫 번째 타깃으로 정했다. 어느 사냥이든 뭉쳐 있는 몹은 마법사나 궁수부터 처리하는 게 보통이다.

─키릭! 키레렉? 키렉! 키아악!

─크츄! 키츄쿠츄! 아츄츄! 끼오오오!

두 놈이 서로 떠드는데, 석영은 분명 저게 놈들만의 언어일 거라 생각했다. 저 괴성 비슷한 말과 함께 손짓, 발짓을 하는 걸 보니 분명히 고블린이라지만 의사소통이 가능한 지능을 가지고 있는 듯했다.

그러든 말든 석영은 천천히 활시위를 당겼다.

두드드득!

시위가 늘어나고, 어둠이 끌려와 한 발의 화살이 되었다. 무시무시한 속도, 관통력, 파괴력까지 전부 갖춘 괴물 화살이다.

석영은 시위를 당겨놓고 기다렸다. 시위를 지금 겨눴다간 들킬 위험이 있었다. 어그로가 튀기 전에 한 방 제대로 먹이는 게 기습이고, 이게 석영의 가장 큰 장점이었다.

전사로 보이는 놈이 갑자기 휙 뒤돌아섰다. 석영을 등진 상태이니 등짝에 한 방 제대로 넣어주고 싶었지만 그래도 석영은 참았다.

자신은 스나이퍼.

표적을 정했는데 그 옆의 놈을 쏘는 건 있을 수 없는 일이었다.

'너 말고 주술사, 니가 돌아서라고.'

석영은 속으로 마법사 놈이 뒤돌아서길 기도했다.

하지만 놈은 쉽게 돌아서지 않았다. 어정쩡하게 선 상태로 전사와 계속 알아들을 수 없는 말로 대화를 나누고 있었다. 그 탓에 석영은 입술을 깨물 수밖에 없었다.

시위를 당긴 상태이다 보니 팔 근육이 바르르 떨리기 시작했다.

'빌어먹을 정도로 리얼하네, 진짜.'

속으로 욕을 했기 때문일까?

드디어 주술사 놈이 돌아섰다. 석영은 그 순간 코너에서 몸을 빼내 마법사의 등짝을 노렸다. 바람 맞은 갈대처럼 혼들리던 감각이 급속도로 안정되더니 이내 딱 멈췄다. 궁수 특유의 타깃 고정 감각이었다.

투웅! 슈아아악!

시위를 놓자 경쾌한 소성과 함께 어둠이 갈라지는 소리가 뒤이어 들렸다.

픽!

그리고 등짝 한복판에 처박히는 소리까지.

—끄에에엑!

커다란 비명을 내지르고 앞으로 풀썩 고꾸라지는 마법사를 보고 석영은 다시 시위를 당겼다.

이미 전사 놈이 석영을 찾아서 달려오고 있었다. 일반 고블린의 두 배에 달하는 신장. 그러다 보니 위압감이 장난이 아니었다. 거기에 더해 흉측한 외모, 울긋불긋한 근육과 손에 들린 도끼까지 꿈에서도 만나고 싶지 않은 외형이다.

투웅!

픽!

—꾸에엑!

하지만 그래도 타천 활을 감지하고 피할 능력은 없어 보였다. 하급 몹은 하급 몹인 거다.

복부가 꿰뚫린 고블린 전사가 바닥에 쓰러진 채 부르르 떨었다. 그러다가 갑자기 번쩍 일어나더니 다시 달려왔다.

하지만 이미 석영은 시위를 재고 사격 준비를 하고 있었다.

투웅!

퍽!

고블린의 고개가 훅 뒤집혔다.

정확히 적중한 무형 화살이 고블린의 얼굴에 제대로 구멍을 뚫어놓았다. 석영은 주변을 둘러보다가 사체를 인벤토리에 넣었다.

그런데 그 순간 아주 간만에 시스템 메시지가 울렸다.

축하드립니다. 글로츠 마을 숲 고블린 소굴 넘버 05 지역을 소탕하셨습니다. 동굴 끝으로 가셔서 보상을 확인하십시오. 최초 클리어 유저임으로 소굴 넘버 05 지역의 관리자가 되셨으며, 앞으로 이 소굴을 이용하는 모든 유저의 클리어, 사냥 정산액 중 10%를 보상으로 받으실 수 있습니다.

생각도 못 한 메시지와 내용에 석영은 잠깐 고개를 갸웃거렸다.

"클리어? 이놈들이 마지막 놈들이 맞는 건가?"

석영의 예상처럼 이놈들이 보스였다. 그리고 보스를 사냥함과 동시에 메시지가 뜬 것이다. 그렇게밖에 설명할 수가 없었다.

고개를 끄덕이며 발걸음을 떼려는 찰나.

닉네임을 설정하시겠습니까? 설정하시면 유저 실명이 아닌 닉네임이 던전 입구에 각인됩니다. Y/N

다시금 뜬 메시지에 석영은 잠깐 고민하다가 'Y'를 눌렀다. 실명보다는 역시 라니아 시절 쓰던 별명이 좋다고 생각했기 때문이다.

닉네임을 소리 내어 불러주십시오.

이럴 땐 또 정말 게임 같았다. 사냥은 극현실을 추구하면서 이런 설정 같은 것은 또 게임이다. 하지만 이제는 이것도 이제 익숙해졌다.

"전장의 저격수."

중2병 가득한, 정말 손발 오그라드는 닉네임이다.

하지만 라니아 시절 석영이 하던 서버의 유저들이 치를 떨던 닉네임이기도 하다. 이건 캐릭터 명이 아닌, 석영의 캐릭터가 가진 별명에 가까웠다. 원래는 좀 더 길지만 줄여서 전저, 저격수, 전장의 저격수 등으로 불렀다.

전장은 단어 그대로의 의미이고, 저격수 또한 말 그대로 전장을 저격하고 다녔다고 해서 저격수이다.

다른 말로는 전천후 전장 학살자, 전장의 유린자 등이 있었지만, 이것보단 전장의 저격수라는 닉네임으로 더 많이 불렸다.

설정 완료했습니다. 앞으로 글로츠 마을 숲 고블린 소굴 넘버 05는 전장의 저격수 지역으로 등록됐습니다.

이 마지막 메시지에 이어 더 이상의 메시지는 나오지 않았다. 석영은 라니아가 아직까지 풀지 않은 게 엄청 많을 거라고 생각했다.

그리고 그건 모든 유저의 생각이기도 했다.

석영은 일단 사체를 다 인벤토리에 챙겨 넣었다. 그리고 동굴 끝으로 걸어갔다. 클리어했다는 메시지도 봤으니 조심할 건 없었다.

메시지처럼 동굴 끝에 도착하니 시꺼먼 철재 궤짝 세 개가 있다.

석영은 고민할 것도 없이 궤짝도 인벤토리에 집어넣었다. 전리품 시스템이 있으니 이것도 분명 거기서 해결될 것 같았기 때문이다.

그리고 석영의 생각은 맞았다. 마을로 귀환해 글로츠 사체 처리 상회로 가서 리엘에게 말하니 바로 오 층 꼭대기에 있다는 말을 들을 수 있었다.

일단 삼 층에서 고블린 사체를 모두 처분했다. 열네 마리로 총수입금은 30만 골드였다. 한 번 사냥으로 주문서 석 장 값을 벌었다. 이 정도면 나쁘지 않은 수입이다. 오 층으로 올라가니 이번엔 달랑 방 하나밖에 없었다.

"어서 오시게. 리프람이네."

"정석영입니다."

"반갑네. 그래, 무엇 때문에 왔는가?"

"이것 좀 부탁드리러 왔습니다."

어쩐지 쌀쌀해 보이는 말투에 석영은 바로 인벤토리에서 궤짝을 꺼내 수술대처럼 생긴 탁자 위에 올렸다.

"오, 간만에 궤짝을 들고 온 이가 있군. 잠시만 기다리게."

지팡이를 위에 올리고 한 손으로 수인을 긋더니 마지막에 '언락'이라고 확실하게 발음했다. 그러자 지팡이에서 생긴 빛이 궤짝으로 스며들며 딸깍, 하는 소리가 들렸다.

"다 됐네. 나가서 열어봐도 되고 여기서 열어봐도 되네만 가급적이면 나가서 열어봐 주게나. 여기서 처분할 게 아니면 말이네."

"…네. 다음에 또 뵙겠습니다."

"그러세. 잘 가게나."

석영은 궤짝을 인벤토리에 넣고 밖으로 나왔다. 그리고 바로 여관으로 가서 방 하나를 대여해 안으로 들어갔다.

그냥 밖에서 열면 안 되냐고? 분수대 같은 곳에서?

글로츠 마을부터는 남의 아이템도 강제로 갈취가 가능해졌다. 몇몇 부분을 빼면 현실과 다를 게 하나도 없는 곳에서 궤짝을 연다고?

그것만큼 머저리 짓도 아마 찾기 힘들 것이다.

딱딱한 침대에 앉은 석영은 궤짝을 꺼냈다. 궤짝을 잠깐 보던 석영은 참 신기한 세상이라고 생각했다.

지구라 불리는 행성. 이 행성은 개척이 전부 끝난 행성이다. 인간이 살지 못할 만한 곳은 있어도 밝혀지지 않은 곳은 없었다.

그런데 이곳은?

모험이 있다.

이게 석영을 흥분시켰다.

인간이 알지 못하는 미지의 세계.

개척이 안 된 신세계. 그 옛날 신대륙처럼 말이다.

게다가 검과 마법, 여행의 낭만, 그리고 사랑.

이 모든 게 숨 쉬는 모험.

석영은 저도 모르게 이 현실에 기분이 좋아져 간만에 짙

은 미소를 지었다. 그런 미소를 유지한 채 첫 번째 상자를
열었다.

"음?"

저도 모르게 고개를 갸웃하는 석영. 라니아의 화폐는 일
단 골드라고 부른다. 금이 섞인 동전이다.

하지만 게임상 주조 기술이 부족한 건지 동전의 색은 탁
했다. 그런데 지금 상자 안에 있는 건 굉장히 색이 진했다.

진짜 순도 99.99%의 황금 동전이었다.

개수는 약 20여 개. 정확히 손에 올려놓고 세어보니 22개
였다.

하지만 역시 가치는 정확히 모르겠다. 이건 따로 감정을
받아봐야 할 것 같았다.

동전을 인벤토리에 넣었다. 아이템명, 라니아 대륙 주화라
고만 떴다.

역시 제대로 밝혀진 게 없는 라니아이다. 따로 부연 설명
도 없고 모든 걸 유저 스스로 파헤쳐야만 하는 극한 불친
절.

"아주 마음에 든다."

이런 맛이 끌린다.

아주 심장이 쫀득쫀득해질 정도로.

이어서 두 번째 상자를 여는 석영. 이번엔 석영도 알 만한

물건이 가득 차 있었다. 두루마리다. 즉, 강화 주문서다. 전부 열 장.

한 장에 십만 골드이다.

그렇다면 무려 백만 골드에 육박하는, 그야말로 대박이 터진 거다.

절로 석영의 얼굴에 미소가 그려졌다. 이 정도면 이번 사냥, 아주 제대로 잭팟이 터진 것이다. 장비에 거는 강화가 지속성 버프 종류라는 게 밝혀진 뒤 이 강화 주문서에 들어갈 자금을 어떻게 확보하느냐가 현재 라니아 홈피의 가장 큰 주제였다.

장당 무려 십만이다.

근데 본토의 난이도는 더럽게 높다.

적어도 +3강 정도는 걸어야 고블린한테 비벼볼 만한데, 전사처럼 팔다리를 삼 강씩 걸어도 120만이다. 강화 주문서 자체가 돈 빨아먹는 괴물인 것이다.

진짜 그나마 다행인 게 아이템에 건 강화는 날아가지 않는다는 점이다. 그래서 현재 추세는 아이템부터 강화 후 육체 강화에 집중하는 걸로 대충 정리가 되어가고 있었다.

주문서는 무기 넉 장, 갑옷 넉 장, 정신 두 장이었다.

전부 분류해서 인벤토리에 넣고 마지막 궤짝에 시선을 두는 석영. 첫 번째 궤짝엔 골드, 두 번째 궤짝엔 주문서. 그렇다면 마지막 궤짝은?

"아이템이지."

딴 게 있겠나?

석영은 크게 기대하지는 않았다.

고블린 전사와 마법사, 혹은 주술사.

이 둘에 대한 정보는 라니아에 없었다. 그러니 드랍 아이템 종류 또한 알 수가 없었다.

하지만 초보 존의 몬스터인 만큼 흑기사 대장처럼 대박 템은 주지 않을 거라고 봤다.

그래도 한 줄기, 진짜 딱 한 줄기 기대심을 가지고 궤짝을 여는 석영.

"음?"

일단 제일 먼저 보이는 건 새까만 가죽이다. 무광 처리까지 한 듯 칙칙한 검은색을 뽐내고 있는 가죽에 석영은 고개를 갸웃거렸다.

"가죽 갑옷인가?"

석영은 일단 그 상태 그대로에다 확인 주문서를 찢어 발랐다.

사냥꾼의 가죽 갑옷

그게 끝이었다.

정말 그 어떤 정보도 없었다. 게다가 사냥꾼이라는 단어가 붙어 있다. 이건 라니아상에도 없는 아이템이다.

"뭐 하자는 거지?"

석영이 지금 입고 있는 갑옷이 그냥 가죽 갑옷이다. 까끌까끌한 느낌이 아주 불쾌한 초보자 아이템이다.

일단 석영은 현재 입고 있는 갑옷을 벗어 인벤토리에 넣고 사냥꾼의 가죽 갑옷을 입어보았다. 좀 헐렁하던 갑옷이 스르륵 줄어들어 몸에 딱 붙었다. 그대로 몸을 좀 움직여 보니 착용감이 정말 좋았다. 신축성까지 갖췄는지 특정 동작에서는 어느 정도 유연하게 늘어나기까지 했다.

내구도나 방어력에 대한 게 아무것도 없었지만 일단 움직임 확인만으로도 만족스러웠다. 가죽 갑옷 밑에 있는 건 부츠였다.

사냥꾼의 가죽 부츠

역시 설명 따위는 없었다.

한숨과 함께 부츠를 착용했더니 또 좀 헐렁하던 게 스르륵 줄어들어 발에 착 감겼다. 그리고 그 순간 뜨는 메시지.

세트 아이템, 사냥꾼 빌의 유품을 착용하셨습니다.

음?

"빌? 유품?"

너무 뜬금없는 메시지라 석영은 잠깐 고개를 갸웃거렸지만, 그런다고 알아낼 수 있는 건 아무것도 없었다. 본토로 넘어오며 불친절의 극을 보여주는 라니아였기 때문이다.

결국엔 또 석영이 직접 몸으로 뛰면서 알아봐야 했다.

보상을 다 확인한 석영은 창고지기 노름에게 가서 일부 아이템을 맡기고 잡화 상점에서 잡템을 정리했다.

이미 해가 지고 있는 리얼 라니아. 저 멀리 동쪽의 석양을 잠깐 본 석영은 다시 걸음을 옮겼다. 보통 이때면 로그아웃을 하지만, 석영은 마을 북문으로 나갔다. 자신이 클리어한 지역을 찾아가 보려는 것이다.

숲으로 바로 들어가 30분 정도를 걸으니 석영이 클리어 완료한 던전이 보였다. 처음 입구는 바위를 밀어내는 구조였다.

하지만 지금은 무슨 사당의 입구처럼 나무 문이 있고 계단 형식으로 변해 있었다. 그리고 아래로 내려가는 계단 양옆에 바위가 있었는데 정면 기준 왼쪽에 던전 정보가 적혀 있고, 오른쪽에 '전장의 저격수'란 단어가 적혀 있다.

그걸 확인한 석영은 바로 마을로 돌아왔고, 그대로 로그 아웃했다.

*   *   *

저녁을 챙겨 먹고 식후땡을 한 다음 컴퓨터 앞에 앉은 석영. 별의별 검색어를 넣어 확인해 봤지만 아직 자신처럼 던전을 장악한 사람은 없었다. 당시 시스템 메시지를 다시 떠올려 보았다.

"성 시스템이랑 비슷한 개념인가 보네."

그가 내린 결론이다.

매주 일요일 벌어지는 공성전을 통해 성을 지배할 수 있다. 이후 그 성에서 판매되는 모든 물건에 세금이 붙고, 그 세금은 성혈이라 불리는 이들의 차지가 된다.

이 던전 시스템도 그런 것 같았다. 던전에서 물품을 팔지는 않지만, 대신 사냥 내용물과 던전 클리어 보상의 10%를 주인인 석영이 가져간다.

"이거… 대박인데?"

석영만 해도 보상이 후덜덜했다.

강화 주문서만 열 장. 그럼 백만이다.

여기서 10%면 십만이다.

누군가가 클리어만 한다면 십만을 버는 것이다. 그것도 앉아서.

지금 당장은 고블린 사냥도 버거운 파티가 많으니 저 던전이 유저들 사이에 알려진다고 해도 클리어는 힘들 것이다.

하지만 조금 시간이 지나면 유저들의 성장과 동시에 당연히 클리어가 가능할 거고, 하루 몇 파티나 들쑤시고 다닐 것이다.

게다가 그게 끝인가?

아니다. 라니아 대륙 주화도 있고 아이템도 나온다. 그 모든 물품을 통합한 가치의 10%다. 이건 완전히 마르지 않은 유전이 터진 것이나 다름없었다.

그 순간 석영의 뇌리를 스쳐 가는 생각 하나.

"넘버 05라고 했지? 그렇다면 01부터 그 뒤까지 있다는 소린데?"

그걸 다 찾아 먹으면?

그럼 어떻게 될까?

사냥터 독식.

최고다.

석영은 당장 내일부터의 일정을 전면 수정하기 시작했다.

하지만 이때는 아직 석영도 잘 몰랐다. 차후 던전 필드 사냥터의 관리자 권한이 유저 간 피 터지는 전쟁을 유발시킬 줄은 말이다.

사냥터 독식, 혹은 통제.

라니아에서 흔히 있던 일이고, 혈맹 간 전쟁 원인 1위를 차지하는 독보적인 악질 플레이다. 석영은 이 통제 행동 자체를 진짜 싫어했다. 그래서 만약 통제하는 혈맹이 있으면 단신으로 전쟁을 벌이고는 했다.

전투 방식은 오로지 뒤치기.

그것도 사냥 중인 놈들만 골라서 조졌다. 이 경우 아주 운이 좋으면 소모성 아이템의 증발이지만, 재수 오지게 없으면 주 장비의 증발로 머리를 쥐어뜯다가 분노의 주먹질이 모니터나 키보드를 후려갈기는 상황을 야기한다.

이런 석영을 막으려면 군주가 와서 사과를 하든가, 아니면 풀 파티로 다니면서 사냥을 해야 한다. 그 경우에도 한 사람은 계속해서 탐색 마법을 써야 한다. 안 그러면 투망을 쓴 석영이 슬금슬금 다가와 몸빵 중인 기사를 조지고 튈 테니까. 그만큼 석영 스스로 악랄해질 정도로 싫어하는 짓거리가 바로 사냥터 통제다.

하지만 지금 석영의 행동은 독식도 통제도 아니었다. 독식과 비슷하긴 하지만 선 독식이다.

즉, 먼저 클리어한 다음 관리자가 될 생각인 거다.

그렇게만 된다면 나중에는 앉아만 있어도 몇십만, 많게는 몇백만씩 떨어질 테니 말이다.

차지한 던전의 수가 많으면 많아질수록 그 수는 기하급수적으로 늘어날 것이다. 그러니 석영이 황무지로 가려던 일정을 전면 취소하고 글로츠 인근 숲을 이 잡듯이 뒤지기 시작한 건 아주 당연한 일이었다.

일주일이 지났을 무렵, 석영은 세 개의 던전을 더 찾아 클리어까지 하는 기염을 토했다. 정말 숲을 아예 이 잡듯이 뒤졌다. 던전 넘버는 01, 03, 07이었다.

이로써 석영이 관리자가 된 던전은 총 네 개였다.

하지만 아직까지 다른 유저들의 클리어 보상이 들어온 적은 없었다. 그러나 석영은 실망하지 않았다. 어차피 당장 유저들의 현재 실력으로는 클리어가 힘든 걸 알고 있기 때문이다.

던전의 어둠을 이용 가능한 타천 활이란 사기 아이템을 소지한 석영이라 클리어가 가능했던 것뿐이다. 그러니 석영은 느긋하게 기다렸다.

"돈이 부족한 것도 아니고 말이야."

어제 막 07 던전을 클리어하고 보상을 확인한 참이다. 골드도 그렇고 강화 주문서도 지속 시간이 끝나고 다시 걸었는데도 상당히 여유가 있었다. 게다가 아주 필요한 템도 입수했다. 아니, 기술석을 먹었다.

더블 샷.

고속으로 두 번 사격이 가능한 라니아상의 요정 전용 스킬이며, 요정에게는 절대 없어서는 안 되는 스킬이다. 파워 샷 한 방 후 더블 샷 연타는 석영이 전장의 저격수란 별명을 얻는 데 지대한 공헌을 했다.

사용 방법은 라니아처럼 간단했다. 라니아에서는 더블클릭하면 깨지면서 기술이 몸으로 흡수된다는 설정이었다. 이건 전 캐릭터의 기술이나 마법 습득이 똑같았다. 그처럼 리얼 라니아도 부수는 순간 소유자에게 기술이 흘러들어 왔다.

이걸로 석영의 사냥은 한층 더 수월해졌다.

석영은 사냥 준비를 끝내고 정해둔 포인트로 이동했다. 모험이고 나발이고 당분간은 무조건 던전만 찾아 클리어할 생각이다.

*   *   *

석영이 막 사냥을 나간 순간, 라니아 홈피에 게시 글 하나가 올라왔다. 제목은 '라니아에 숫자 넘버가 붙은 던전이 있었던가요?'라는 매우 정중한 느낌의 제목이었다.

그 정중함 때문이었나?

반응은 가히 폭발적이었다.

처음에는 노잼 낚시라는 욕이 태반을 넘었지만 몇몇 유저가 직접 확인했고, 그다음으로 GM라니아가 직접 확인하면서 불이 확 붙었다.

이들이 찾은 건 넘버 03 던전이었다. 그리고 당연히 그 던전 관리자로 떡하니 '전장의 저격수'가 적혀 있으니 난리가 안 나는 게 이상한 일이었다. 라니아 좀 한다는 한국 유저라면 모를 리가 없는 이름.

전 서버에서 가장 유명한 유저들을 꼽으라면 반드시 다섯 손가락 안에 들어가는 유저가 바로 전장의 저격수다.

그런 그의 이름이 박힌 던전이 발견된 것이다.

게시물이 폭발하는 게 아닐까 싶을 정도로 거세게 불타올랐다. 단숨에 인기를 넘어 메인까지 가버렸다.

그 밑에 걸리는 댓글은 신기하다 등등이 대부분이었지만, '전장의 저격수'라는 닉네임에 이를 가는 이도 엄청 많았다.

이해가 갔다. 그와 같은 서버를 하고, 그와 척을 진 혈맹의 유저치고 아이템 증발 안 당해본 이가 거의 없을 정도였으니까. 라니아 역사상 가장 처절한 전쟁 중 하나로 기억되는 '백 일의 혈전' 주인공이라 할 수 있는 '맹견' 혈맹이 이를 드러냈다.

맹견의 군주가 직접 나와 '전장의 저격수'에게 밤길 조심하라는 댓글을 달았다. 그 밑으로도 석영과 안 좋은 관계이던 이들이 속속 나와 시비를 걸었다.

하지만 그럼 뭐 하나. 석영은 지금 또 다른 던전을 찾느라 여념이 없었다. 그리고 만약 시비를 걸면?

사실 많은 사람이 기대하고 있었다. 진짜 리얼한 전장의 저격수의 전투는 어떨까 하고. 리얼이 붙었다. 실제 고통을 전부 느낀다. 죽지만 않지 죽음 직전까지 실제로 체험이 가능한 게 리얼 라니아이다.

사람들의 마음이 점차 라니아에 동기화되고 있다는 게 여실히 나타나는 부분이다. 그리고 이 부분을 정부는 민감하게 관찰하고 있었다. 튀어나오기 시작한 폭력성, 현실의 교육이 막아놓은 원초적 폭력성이 인류 전체를 깨우고 있었다.

이렇듯 세상은 점차 변화하고 있었고, 그 안에는 유저 넘버 07 정석영도 있었다.

*   *   *

푹!

바닥에 처박히는 도끼를 보며 석영은 식은땀을 흘렸다. 하체 강화를 통해 회피는 그리 어렵지 않았지만 고블린 전사의 도끼질 한 방은 정말 맞는 순간 사지가 절단 나겠구나 하는 생각이 들 정도로 무지막지했다.

투웅!

퍽!

하지만 석영은 그런 와중에도 다시 허벅지에 한 발을 박아 넣었다.

―키엑! 크리릭!

허벅지가 꿰뚫리는 고통에 고블린 전사가 고개를 번쩍 치켜들며 괴성을 내질렀다. 그 순간 석영의 눈빛이 빛났다.

투두둥!

스킬을 사용하겠다고 마음먹은 순간, 마치 어릴 적부터 몸에 익은 행동인 것처럼 몸이 자연스럽게 반응해 시위를 연달아 튕겨냈다.

아주 물 흐르듯 자연스러운 동작은 두 발의 무형 화살을 한 호흡에 쏟아냈고, 그대로 고블린 전사의 목젖과 명치를 꿰뚫었다. 진득한 피를 흘리며 거구를 바닥에 눕히는 고블린 전사.

"후우!"

쓰러진 고블린 전사를 보며 석영은 한숨을 내쉬었다.

그러나 석영의 표정이 밝지 않았다.

오늘은 유난히 힘들었다. 타깃팅 감각이 마치 물먹은 솜처럼 무거웠다. 보통 이삼 초면 바로 제대로 타깃팅이 되는데, 오늘은 그 반 배 정도 더 걸린 느낌이다.

그래서 석영은 거리의 이점을 제대로 살리지 못했다. 타천활의 대미지가 반칙이었으니 망정이지, 잘못했으면 오늘 어디 한 군데 제대로 썰릴 뻔했다.

좀 전에도 마찬가지다.

고블린 전사에게 맞지는 않았지만 접근을 허락했다.

이후 사격에서도 사실 심장과 얼굴을 노렸다.

그런데 급했던 건지, 아니면 조준이 흔들린 건지 목젖과 명치 쪽에 박혔다.

두 방의 대미지가 컸기에 놈이 쓰러졌지, 조금만 더 비틀렸어도 더 공격해야 했을 것이다. 첫 발에 허벅지를 뚫어 기동성을 죽여놓은 게 그나마 다행이었다.

고블린 사체를 인벤토리에 넣다 말고 석영은 뭔가 이상한 점을 느꼈다. 메시지가 뜨지 않는 것이다.

"뭐지?"

고블린 전사와 주술사. 이 둘이 던전의 최종 보스이다. 직선 형태를 가진 던전 가장 안쪽에 두 놈이 있었고, 잡는 순간 클리어 메시지가 떠야 한다.

그런데 지금은 메시지가 뜨질 않았다.

의아한 마음에 석영은 안쪽으로 더 들어가 보았다. 걸으면 걸을수록 석영은 이상하다고 생각했다.

기존의 던전과 달랐다.

―키엑! 키르륵!

몬스터가 남아 있는 것이다. 두 마리가 칼을 빙글빙글 돌리며 떠들고 있었다. 석영은 바로 눈치챘다.

'다른 던전? 아니지. 난이도도, 배치도 같았어. 다른 건 더 길다는 것, 그리고 고블린 전사와 주술사가 최종 보스가 아니었다는 것. 이 둘을 합치면……'

넘버를 가진 고블린 던전 중 이곳이 가장 난이도가 높은 던전이라는 계산이 나온다. 아니, 그렇게밖에 설명할 수가 없었다. 석영은 이걸 깨닫자마자 다시 고민해야 했다.

'지금 컨디션이 바닥인데… 더 가야 하나?'

나가는 순간 던전은 리셋된다.

왜 그런 줄은 석영도 모른다. 이 리얼 라니아가 가진 설정은 아직도 배일에 가려진 게 엄청나게 많았으니까.

만약 오늘 돌아갔다가 다시 오면 처음부터 다시 뚫고 들어가야 한다. 물론 그리 어렵지는 않았다. 하체 강화와 이번엔 상체 강화까지 걸었으니까.

게다가 정신 강화도 걸었다. 더블 샷을 사용하려면 정신

력 강화는 필수였다. 어쨌든 다시 돌아오는 건 어렵지 않았다.

'하지만 그 안에 누가 찾으면?'

여긴 분명 고블린 넘버 던전 중에서도 최고로 난이도가 높은 곳이었다. 그렇다면 클리어는 어려워도 보상은 아주 짭짤할 것이다.

'아니, 보상보다는 관리자 타이틀이 훨씬 중요하지. 이건 뺏기면 안 돼.'

석영은 일단 더 들어가 보기로 마음먹었다.

그런 결정을 내리게 된 가장 큰 원동력은 역시 귀환 주문서였다. 순간적으로 찢어 바로 마을로 돌아갈 수 있는 귀환 주문서가 없었다면 아마 그냥 돌아가거나 아니면 좀 더 고민했을 거다.

이제 고블린 정도는 쉽다.

두 놈을 재빨리 잡은 석영은 안으로 조심스럽게 이동했다. 이제 이 던전이 기존 던전과 다르다는 점을 알았으니 조심하는 거야 당연했다.

네 마리의 일반 고블린을 잡고 나서야 석영은 가장 안쪽에 도달할 수 있었다.

'아……!'

고블린 전사와 고블린 주술사가 보스가 아닌 이유를 알

수 있었다.

　가장 안쪽, 거대한 돌로 만든 권좌에 덩치가 산만 한 고블린 한 마리가 앉아 있었다.

석영은 단숨에 결정을 내렸다.

'저놈 저거, 오늘은 절대 못 잡는다.'

몸 컨디션도 최악이고, 게다가 지금 피로도도 상당히 차올랐는지 몸이 점점 무거워지고 있었다.

딱 봐도 고블린 중에서 가장 강력한 놈이었다. 그런 놈을 몸도 무거운 상태에서 잡겠다는 생각은 슬슬 사망 체험을 해보겠다고 나서는 것과 다를 게 하나도 없었다.

석영은 일단 주변을 살펴봤다. 거대한 원형 공동에 딱 저놈 하나이다. 다른 통로가 없으니 보스와 일대일 파티라면 일 대 다의 사냥이 될 것이다.

'후우.'

아쉬웠다.

'컨디션만 좋았다면 오늘 저놈을 잡겠다고 설쳐보기라도 했을 텐데.'

하지만 그래도 아쉬움보다 안도감이 더 많이 들었다. 이 제 겨우 고블린 사냥도 체계가 잡혀가는 마당이니 저놈은 어떤 파티가 와도 잡기 쉽지 않을 것이다.

아니, 불가능하다. 지금 석영의 사냥 방법도 타천 활이라 는 사기 아이템 덕분에 가능한 상황이니까. 다른 무기들은 고블린의 가죽, 그리고 조잡한 방어구도 뚫기 힘들었다.

하지만 타천 활은?

마치 종이 찢듯 찢어버렸다. 그러니 타천 활이 사기 템이 란 소리다.

조용히 귀환 주문서를 꺼내 찢은 석영. 빛과 함께 시야가 혹 변했다.

해 지는 글로츠 마을의 풍경이 보였다.

이제는 본토에서 넘어오는 이들이 제법 되는지 엄청 북적 거리고 있었다. 게다가 언어가 다르고 머리색이 다른 인종도 보였다.

즉, 서양권 유저들이 들어서기 시작한 것이다.

글로츠 마을은 그리 크지 않았는데 점점 유저들이 유입되니 난장판이 되는 것도 이상한 일이 아니었다.

다만 글로츠 마을에서 유저들이 사용하는 골드로 글로츠 마을은 변화를 거듭하고 있었다. 사방의 목책 지역이 점차 넓어졌고, 숲을 개간하기도 했고, 건물도 우르르 들어서고 있었다.

유입되는 유저에 맞춰 마을의 규모를 늘리는 모습. 이 또한 어처구니가 없었다.

하지만 당장 그런 사실이 중요한 게 아닌 석영은 바로 분수대 옆의 신녀에게 가서 로그아웃을 했다.

현실로 돌아온 석영은 저녁을 든든하게 챙겨 먹고 씻은 다음, 바로 라니아 홈피에 접속했다. 그동안 라니아 홈피는 매우 많이 변했다.

각종 서비스 게시판이 생겼고, 스크린 샷 같은 게시판은 박물관 개념이 되어 한쪽 구석에 처박혔다. 사냥 팁, 맵 정보, 아이템 정보, 몬스터 정보 등 원래도 인기 있던 이 네 항목은 여전히 유저로 득실거렸다.

게시판에 들어간 석영은 이른 시간 접속해서 확인 못 한 자신의 정보를 봤다.

"이제 걸렸나?"

자신의 관리자로 있는 고블린 던전이 드디어 유저들 사이에 밝혀진 것이다. 그리고 관리자 닉네임 전장의 저격수로 자신이 이전 라니아의 전장의 저격수와 동일인이라는 것도 밝혀졌다.

댓글들을 하나씩 읽어봤더니 아주 가관도 아닌 댓글들이 꽤나 보인다.

"맹견, 이 새끼들은 또 시작이네."

석영의 라니아 생 중 가장 처절하게 싸우던 놈들이다. 전 필드를 뒤져가며 뒤통수에 파워 샷과 더블 샷을 꽂아 넣은 게 대체 몇 번인지 셀 수도 없었다. 그런 놈들이 또 시비를 걸고 있었다.

뭐, 그럴 만도 했다.

그때 저놈들이 떨구거나 제조당해 증발한 아이템을 현금으로 환산하면 가히 수천만 원 대였으니까.

특히 심연의 탑에서 보스 레이드 중이던 맹견 군주를 잡았을 때 놈은 타천 검 바로 아래 단계인 +10 나이트메어의 검과 +8 용자의 반지 두 개가 증발했다. 나이트메어 검의 값어치는 말할 것도 없고, 용자의 반지는 캐시 아이템으로 강화 확률이 정말 극악인 놈이다. 그 +8짜리 두 개를 증발시켜 버린 것이다. 단순히 계산해도 웬만한 차 한 대는 살 수 있었다.

"거품을 물고 기절했다는 얘기를 들은 것도 같은데."

그런 놈이니까 석영에게 가지는 반감은 아마 어마어마할 것이다. 하지만 석영은 겁나지 않았다.

시비를 걸면?

그때는 또 옛날처럼 백 일간의 혈전이 다시 펼쳐질 것이다. 게다가 석영은 타천 활까지 가지고 있는 상태. 작정하고 게릴라전을 펼치면 놈들이 석영을 잡을 확률은 극히 희박하다.

물론 석영이 게릴라전에 대해선 잘 모르지만 어차피 그건 맹견 혈맹도 마찬가지일 것이다. 서로 무(無)에서 시작해 누가 더 빨리 익숙해지고 끈질기게 대처하느냐에 따라 승자가 갈릴 것이다. 성격상 걸어오는 싸움은 마다하지 않는 세 석영이다.

석영이 아웃사이더가 된 가장 큰 이유 중 하나가 바로 지나치게 높은 자존심이다. 더 이상 확인할 게 없는 석영은 PC를 끄고 잠자리에 누웠다.

*　　　　*　　　　*

다음 날 아침, 석영은 아침을 든든하게 챙겨 먹고 바로 신녀를 통해 리얼 라니아에 접속했다. 세상이 뒤집어진 듯 변했다.

참 신기하다. 단순히 Y를 누름과 동시에 세상이 변한다. 정말 운석우 충돌 전에는 상상조차 할 수 없는 일이 벌어지고 있는데도, 그놈의 멘탈 보정 효과는 이마저도 그냥 순순히 넘어가게 만들어주고 있었다.

'하지만 뭐, 상관은 없지.'

이제 석영은 마음을 단단히 먹었다.

선친의 유산이 있으니 먹고살 일이야 별 걱정 없었다. 아웃사이더가 됐지만 그마저도 덤덤히 받아들였다. '지랄 맞게 생생한 꿈' 때문에 지독한 감정 변화가 일어나지만 그것도 그냥 참았다.

그러던 차에 이런 세상이 찾아온 것이다. 처음에는 경계했다.

하지만 이제는 아니었다.

뭔가 대단한 사람이 되고자 하는 건 아니지만, 게임밖에 없던 석영의 일상에 모험이란 달콤 살벌한 놈이 찾아왔다.

그러니 이걸 굳이 배척할 필요가 있을까?

'내 방식대로 즐기면 그만이지.'

이게 석영이 내린 답이다.

이른 아침이다. 일곱 시가 조금 넘은 이른 아침.

그런데도 글로즈 마을은 사람들로 엄청나게 붐비고 있었다. 점점 조잘 섬을 클리어하는 유저들이 늘어나 하루가 다르게 글로츠 마을 유동 유저가 많아지고 있었다.

석영은 조용히 사냥 준비를 했다.

던전 관리소를 찾아봤지만 여전히 클리어 보상은 들어온 게 없었다. 고블린쯤이야 다들 잡겠지만, 아마 고블린 전사와 주술사에서 막히고 있는 것 같았다. 석영이야 저격을 통해 쉽게 잡지만, 다른 파티는 아마 정석대로 사냥하고 있을 것이다. 그리고 전사의 강함, 주술사의 저주에 좌절 중인 그런 상태였다.

만반의 준비를 갖춘 석영은 바로 사냥터로 떠났다. 이번 던전은 거목 밑에 파인 구멍에서 내려가야 하는 구조였다.

석영은 아래로 내려가 전진을 시작했다. 이미 한 번 와본 곳이라 구조는 기억하고 있었다. 고블린 전사와 주술사, 이 두 놈에게 가는 길까지는 꼬불꼬불하지만 한 방향 구조이다. 등장하는 고블린은 모두 이십.

첫 번째 놈들을 잡고 나니 컨디션이 어제와 달리 매우 좋은 것을 알 수 있었다. 게다가 고블린 전사 같은 보스가 아니라, 진짜 제대로 된 보스를 잡을 생각에 심장이 평소보다 더 빨리 뛰고 있었다.

흥분한 것이다.

석영의 이동은 빨랐다.

빠르면서도 주변의 경계를 소홀히 하지 않고 움직이는 석영의 모습은 전형적인 레인저였다.

다만 다른 게 있다면 크로스 보우 형태의 석궁이 아니라, 단발에 저승으로 보낼 수 있는 핵무기를 들고 있다는 점이었다.

단숨에 고블린 전사와 주술사까지 잡은 석영은 계속해서 전진했다. 그리고 들어온 지 두 시간 만에 동굴의 끝에 도착했다.

축구장 반 정도 넓이의 원형 공동.

그 끝에 어제 본 놈이 앉아 있다.

하도 덩치가 커서 거리가 꽤 되는데도 놈의 표정이 어떤지 알 수 있었다.

권태로움. 놈은 왕이나 짓고 있을 표정을 짓고 있었다.

멘탈 보정의 효과는 지금도 석영을 감싸고 있을 텐데, 전신으로 소름이 돋고 식은땀이 흘렀다.

모습 자체에서 느껴지는 위압감 역시 장난이 아니었다. 진짜 괴물을 보는 느낌이다.

'아니, 진짜 괴물이지. 이제 라니아는 단순히 리얼이 아닌 새로운 세계니까.'

그런 세계에서 첫 번째로 마주친 보스.

석영은 다시 인벤토리를 열어 만반의 준비를 갖췄다. 혹시 모를 근접전을 생각해 유저를 통해 구입한 강철 단도도 챙겨 왔다. 물론 강화 주문서까지 발라뒀다. 게다가 방어도 육체, 장비 전부 +4까지 올려놓았다.

공격 쪽도 당연히 최대한으로 끌어올려 놓고 왔다.

하지만 그렇게 했음에도 저놈은 주저하게 되는 비주얼이다.

그러나 석영은 곧 생각을 고쳐먹었다.

'하이 리스크, 하이 리턴은 모든 게임의 기본 중의 기본.'

무섭다고, 돈이 많이 든다고 보스 사냥을 포기한다고?

그럼 그 유저는 절대로 크지 못한다. 사대 용 중 라니아에 최초로 나온 지룡. 이놈은 무시무시하게 강했고, 수많은 혈맹이 도전했다. 게임상이지만 인공지능 몬스터의 강함은 유저가 공략하고 싶어 미치게 만들기에 충분했다. 지금도 마찬가지다.

라니아에서는 없던 놈.

그러니 신세계에서 만나는 아주 새로운 놈이다.

'잡는다. 어디 한번 싸워보자, 새꺄.'

석영은 한 발자국 내디뎠다.

그러자 즉각 들려오는 메시지.

보스 고블린 부족장의 공동으로 진입하시겠습니까? 진입 시 전투가 끝날 때까지 순간 귀환 주문서는 사용이 불가능해집니다. Y/N

흠칫.

메시지 내용은 단숨에 석영을 멈추게 했다.

'주문서 사용 불가?'

그게 뜻하는 건 딱 하나이다.

놈을 죽이든지, 아니면 석영이 게임 오버를 당하든지 둘 중 하나의 결과가 반드시 나와야 한다는 뜻이다.

이건 예상 밖의 상황이다.

하지만 이해는 간다. 라니아에도 그런 던전이 있었으니까. 석영은 마음을 독하게 먹었다.

"하이 리스크, 하이 리턴이라고?"

고!

'못 먹어도 고'의 심정으로 석영은 Y를 후려치듯 눌렀다. 그러자 몸이 붕 뜨더니 바람에 실려 가는 연처럼 유유히 날아 공동 중앙으로 향했다.

바닥에 착지한 석영은 곧바로 뒤로 열 걸음 정도 물러났다. 그리고 전방을 노려보는 석영. 고블린 부족장이 고개를 좌우로 꺾고 눈을 떴다.

두둑! 두득!

새빨간 안광이 번쩍하고 빛나더니 석영의 몸을 그대로 굳게 만들어 버렸다.

몸이 굳어서 안 움직인다.

'뭐야? 이 미친……!'

이건 석영이 생각도 못 한 상황이다. 눈빛 한 방에 홀드 효과가 나타나다니, 정말 최악이다. 놀라 당황한 석영의 귀로 권태로움이 한가득 느껴지는 소리가 들렸다.

―배짱도 좋구나. 이 나를 상대하러 혼자 들어오다니.

"……."

완벽하게 이해되는 언어.

석영이 완벽하게 구사하는 언어는 딱 하나이다. 바로 모국어인 한국어. 그 외에 영어나 중국어, 일본어 등은 그냥 아주 간단한 대화가 가능한 정도였다.

그런데 고블린 부족장의 언어는 한국어도, 영어도, 일본어도, 중국어도 아니었다. 전혀 처음 듣는 언어였다. 놀라서 눈알을 데굴데굴 굴리니 고블린 부족장이 흉측하게 나온 덧니가 보일 정도로 웃었다.

―놀랄 것 없다. 귀가 아닌 머리로 전달되는 언어일지니.

"……."

놀랄 것 없다고 했지만 너무 놀라 숨이 넘어갈 지경이다. 그리고 슬슬 홀드가 풀리는지 육체의 제어권이 돌아오고 있었다.

하지만 석영은 움직이지 않았다. 어설프게 움직이다가 저 권좌 옆에 세워놓은 도끼에 찍히면 비명도 지르지 못하고 죽을 거라는 걸 잘 알기 때문이다. 석영은 뭐라고 대꾸를 할까, 아니면 그냥 입을 닫고 있을까 잠깐 고민하다가 후자를 선택하고 입을 열었다.

"그대가 고블린의 왕인가?"

ㅡ그렇다. 내가 이곳 글로츠 지역의 아이들을 이끄는 부족장이다.

역시 왕은 왕이다.

자신을 설명할 때 느껴진 놈의 자부심은 아주 전형적인 왕의 모습을 보이고 있었다.

그리고 정말 놀랄 만한 게 있었는데 고블린의 인공지능이다. 이건 완전히 사람이었다. 눈빛, 어조, 표정에서 느껴지는 감정은 저걸 몬스터라 부르기도 애매할 정도였다.

'저게 무슨 몬스터야? 저 정도면 아예 하나의 종족에 가까워.'

그것도 고등 종족처럼 느껴질 정도이다.

구구궁.

석영의 생각이 멎음과 동시에 권좌가 흔들렸다. 부족장이 일어난 것이다.

일어나니 더 컸다. 석영의 신장이 180 정도인데, 놈은 석영보다 머리 하나는 더 큰 것 같았다. 그럼 대충 계산해도 200이 넘어가는 신장이다. 거기에 더해 웬만한 프로 레슬러나 보디빌더도 울고 갈 무지막지한 근육까지.

'밸런스, 아주 미쳤네.'

하지만 석영이 가장 걱정인 것은 저 육체에서 나오는 괴력이나 속도가 아니었다. 저 눈빛, 저 대가리에 들어 있는 지능이었다.

'몬스터면 몬스터답게 흉포한 눈빛에 이성 따위는 없어야 하는 게 정상 아니냐? 아, 시발!'

욕이 절로 나왔다.

쿵!

부족장이 한 발자국 내딛자 공동이 가볍게 울렸다.

체중은?

못해도 백오십은 되어 보인다.

다행히 석영의 몸은 이제 정상으로 돌아왔다. 그래도 첫 번째 보스라고 홀드와 동시에 공격해 오진 않는다. 만약 그랬다면 석영은 지금 글로츠 마을 분수대에서 멍 때리고 있을 것이다.

쫙!

석영은 자신의 뺨에 스스로 불을 냈다.

'정신 차리자. 재수 오지게 없으면 타천 활이 날아간다.'

죽었을 때 경험치 하락 따위가 중요한 게 아니었다. 장비, 그중 특히 타천 활이 중요했다.

패턴도 모르고 공격 방식도 모르지만 이제는 못 물린다. 주문서 사용 불가. 그러니 이젠 못 물린다.

─준비는 끝났는가?

"그래, 괴물 새끼야."

히죽 석영의 입가에 미소가 그려지는 순간, 부족장도 뻐드렁니를 내놓으며 마주 웃었다.

*　　　　*　　　　*

콰앙!

쩌저저적!

석영이 피하고, 부족장의 도끼가 파고들어 간 자리가 지진이라도 난 것처럼 쪼개졌다. 공동 여기저기가 완전 난장판이다.

전투를 시작한 지 약 오 분 정도 지났다. 석영은 일단 부족장의 능력을 파악 중이었다.

공격보다는 방어에 훨씬 집중했다. 아니, 방어가 아니라 회피였다. 저 무시무시한 도끼질에는 한 방 맞는 순간 마을에서 눈을 떠야 할 것 같았으니까.

크르르!

짐승의 울부짖음 같은 소리가 부족장의 입에서 하얀 입김과 함께 흘러나왔다.

맑고 총명해 보이기까지 하는 눈빛에는 언제까지 도망칠 거냐는 질책 비슷한 감정이 담겨 있었다. 하지만 석영은 그 눈빛에 반응하지 않았다.

'속도는 고블린 전사의 두 배 정도. 힘도 마찬가지고. 전투 스타일은 아직까진 별것 없는데……'

그래서 조심, 또 조심한다.

무턱대고 들이대다가 뒈지는 건 사양이니까.

하지만 이제 슬슬 시작할 때가 됐음을 느낀 석영은 통통 뛰는 걸음으로 뒤로 물러나며 시위를 당겼다.

새까만 어둠이 몰려들어 화살을 형성했고, 석영은 그 자세에서 겨누지 않고 부족장의 움직임을 주시했다. 괜히 사격 자세를 취하는 와중에 한 방 맞기는 싫어서였다.

공격 회피 후 빈틈을 노린다. 고블린 부족장의 방어력이 어느 정도인지는 모르겠지만 석영은 타천 활이 관통은 못 해도 상당한 대미지는 줄 거라고 믿었다.

무려 타천 활이니까, 라니아에서 타락 천사의 검과 함께 최강의 무기로 군림하던 놈이니까.

─분에 넘치는 물건이구나. 내가 가져가겠다.

"지랄, 누구 마음대로?"

─큭큭!

홍분이 온몸을 잠식해서일까?

석영의 말투는 자연스레 험악해졌다.

후웅! 쿵쿵쿵!

몸을 날려 오는 부족장. 거대한 덩치다. 석영은 바짝 긴장했다.

후우웅!

거대한 덩치를 띄워 석영을 덮치지만, 석영은 재빨리 옆으로 몸을 돌려 물러났다.

쾅!

쩌저적!

이번에도 여지없이 바닥에 균열이 갔다. 석영은 물러나면서 바로 활을 들었다. 처음에는 급격히 흔들리던 조준점이 딱 맞는다. 공격 목표는 허벅지.

투웅! 슈가가각!

새까만 뱀이 공간을 가로질렀다.

픽!

칙칙한 무광의 갑옷 하의에 제대로 처박힌 화살은 드릴처럼 격렬한 회전을 보이더니 이내 안으로 파고들어 갔다.

—큼……!

방심하고 있었는가?

무형 화살이 안으로 파고들자 부족장이 짧게 신음을 흘렸다. 그러곤 손을 뻗어 화살대를 쥐지만 잡을 수 없었다.

화살은 어둠으로 만들어졌다. 나무나 쇠가 아닌. 그러니 손으로 잡을 수 있을 리가 없었다.

석영은 입꼬리가 말려 올라가는 걸 참았다. 역시 먹힌다. 갑옷의 방어력을 무시하고 안으로 파고들어 갔다. 아직은 레벨이 달려 라니아처럼 핵무기급 파괴력을 보여주진 못하고 있지만, 이 정도면 역시 아주 훌륭한 사기 템이다.

"건방진……."

후웅!

'음?'

솜털이 순식간에 바짝 섰다. 아주 잠깐 딴생각을 했는데 어느새 부족장이 성큼성큼 달려와 석영의 앞에 있었다.

'이게 뭔…….'

사기급 이동이란 말인가?

급히 몸을 뒤로 내빼려고 하는 순간 이미 도끼가 정수리를 노리고 떨어지고 있었다.

"이익……!"

쪼개진다.

쪼개진다고!

찐득찐득한 죽음의 기운이 온몸을 잠식하는 기분이다. 한순간의 방심치고는 대가가 너무 큰 것 아닌가?

석영은 이를 악물고 몸을 빼냈다. 세상이 멈춘 감각이었다.

슈아아악! 스핏!

콰앙!

쩌저저적!

"크억⋯⋯!"

강력한 후폭풍에 석영의 몸이 뒤로 휠휠 날려갔다. 좀 전과는 다른 공격. 무슨 바바리안의 대지 강타 같은 공격이었다.

지면에 떨어지고도 몇 바퀴를 나뒹군 석영은 흔들리는 의식을 다잡았다. 그리고 다시 힘겹게 몸을 움직였다. 고개를 들었을 때 놈이 없었기 때문이다. 본능적으로 놈이 점프를 해 머리 위에 있다는 것을 알았다.

아직 제대로 일어나지도 못한 상태이니 피할 수 있는 방법은 딱 하나. 데굴데굴 구르는 것밖에 없었다.

콰앙!

쩌저저저적!

동공 바닥을 아예 쪼개 버릴 작정인지 개판도 이런 개판이 없었다.

하지만 효과는 발군이었다. 석영의 몸이 다시 붕 떠서 벽으로 날려가 처박혔다.

"커으으⋯⋯."

바닥에 떨어진 석영은 신음과 함께 꿈틀거렸다. 억눌린 신음 뒤로 '이런 씨발!' 하고 욕설도 같이 흘러나왔다.

아주 잠깐의 방심이었는데, 아주 잠깐 정신을 놓고 있었는데 이렇게 발리다니, 이건 진짜 해도 해도 너무한 게 아닌가 싶다.

하지만 사실 이게 정상이었다. 원래라면 고블린 부족장은 일대일로 잡을 수 있는 놈이 아니었다. 그것도 리얼 라니아가 강림한 지 채 한 달도 안 된 시점이다. 원래 이놈을 레이드하려면 못해도 두어 달은 더 지난 시점에서 무조건 오 인 파티로 들어와야 했다.

―어리석은 인간아, 이제 그대가 부린 만용의 대가를 치르게 해주겠다.

"지랄 마."

말은 그렇게 하지만 석영의 속은 썼다.

강화?

그렇게 몸에 처발랐는데도 저 괴물 새끼에게는 역부족이다. 애초에 상대 가능한 급이 아니었다. 타천 활만 믿었는데, 그것도 공격할 틈이 있어야 쓰든 말든 할 것이 아닌가.

석영은 얼른 인벤토리에서 물약을 꺼내 머리에 콸콸 쏟아부었다. 한 병, 두 병. 이제 조금만 더 기다리면 급속 상처 치유가 시작되겠지만, 부족장의 인공지능이 아쉽게도 너무 뛰어났다.

―치료 물약이구나.

쿵쿵쿵!

말이 끝남과 동시에 거침없이 달려오더니 여전히 그 무식한 도끼를 바닥에 내려찍었다.

결과는?

이 악물고 피한 덕에 몸뚱이가 양단되는 건 막을 수 있었다. 하지만 후폭풍을 피하지 못했다.

공동 중앙까지 날려간 석영은 흔들리는 의식을 잡아보려했다. 하지만 힘들었다.

빙글빙글 공동 천장이 사정없이 휘돌았다. 석영은 첫 번째 게임 오버가 찾아왔다는 걸 알았다. 만용의 대가는 진짜지랄 맞게 컸다.

'씨발, 타천 활 떨구면 안 되는데…….'

죽어도 제발 그것만큼은 떨구지 말길 기도하는 석영에게…….

유저 넘버 1004 한지원 님이 전장 입장을 위해 파티를 요청하셨습니다. 수락하시겠습니까? Y/N

한 줄기 구원의 빛이 찾아들었다.

'응?'

너무나 뜬금없는 소리.

하지만 석영은 전장 개입에 중점을 뒀다. 누군가 들어오겠다는 소리이고, 그래서 파티를 요청한 것이다.

누군지 모르지만 지금 이것저것 가릴 처지인가?

석영은 흔들리는 손으로 Y를 겨우 터치했다.

파티가 생성되었습니다.

그 짤막한 메시지와 함께 공동이 낮게 진동하기 시작했다. 그리고 그 소리가 끝날 때쯤 들려오는 중저음의 나른한 여인의 목소리.

"가속."

쉬이이익!

새까만 궤적이 석영의 눈앞을 스쳐 지나갔다.

텅!

이어 둔중한 소리가 흘러나왔다. 고개를 돌려 보니 석영을 지나친 궤적이 부족장의 몸을 들이받고 하늘 높이 튕겨 오르고 있었다. 이어 창공을 활강하는 새처럼 몸을 휘어 석영에게서 좀 떨어진 곳에 사뿐히 내려섰다.

그 잠깐 동안 석영의 넋은 제대로 빠져 버렸다. 그리고 그걸 일깨워 준 사람은 역시 이 낯선 여인이었다.

"역시 재미있어."

처음 들은 말과 똑같은 나른한 어조로 나온 그 혼잣말은 분명 재미를 논하고 있지만, 어조는 그렇지 않았다. 하지만 눈이 웃고 있었다.

무릎 위까지 올라오는 가죽 반바지와 비슷한 재질의 상의 갑옷은 터질 것 같은 풍만한 가슴과 함께 지독히 농염한 각선미를 그리고 있었다. 손에는 장검보다 좀 더 짧은 글라디우스가 쥐어져 있다.

질끈 묶은 머리와 외모는?

석영이 태어나서 본 가장 아름다운 여인의 상이다. 하지만 미모는 일단 제쳐두고 석영은 급히 물약을 따서 온몸에 부었다.

치이이익!

따끔하다가 이내 근질근질한 감각이 찾아왔다. 타박상과 찰과상이 치료되는 과정이다.

"궁수?"

"네. 그쪽은?"

"보다시피 칼잡이죠."

"막을 수 있겠습니까?"

석영은 아직 욱신거리는 통증을 무시하고 일어나서 시위

를 재차 당길 준비를 하며 물었다.

"일단은 뭐라 말을 못 하겠네요. 붙어보질 않아서."

"강합니다."

"그래 보여요."

두 사람의 대화가 이어지고 있는 와중이지만 고블린 부족장은 움직이지 않았다. 그저 팔짱을 낀 채 권태로움과 흥미가 비슷한 농도로 섞인 눈빛으로 두 사람을 바라보고 있을 뿐이다. 지독한 오만이다.

권좌에 오른 왕만이 가질 수 있는 오만함.

인간은 개미 수백 마리 정도가 몸에 달라붙지 않으면 위기를 느끼지 않는다. 한두 마리면?

그냥 밟아 죽인다. 거기에 한두 마리가 더 추가된다고 해서 위기감을 느끼지 않는다는 소리다.

고블린 부족장의 마음이 딱 그런 상태였다.

그게 석영을 자극했다.

"고블린 전사 잡아봤습니까?"

"네. 어제 잡아봤어요."

어제?

아침에도 보상을 못 받았다. 그렇다면 이 여인은 석영이 발견 못 한 다른 넘버의 던전을 찾았고, 그걸 클리어했다는 소리다.

"그놈보다 몇 배는 강하고 빠릅니다. 특히 도끼질 뒤 폭풍은 매우 까다롭습니다."

"그래요? 그럼 더 재미있겠네요."

"……"

경고를 재미로 치부하는 여인의 말에 석영의 표정이 살짝 굳었다. 당장 상황이 급해 파티를 수락하긴 했지만, 어째 큰 도움은 안 될 것 같았다. 여인이라는 점도 그렇지만, 일단 이 상황을 진지하게 생각하고 있는 것 같지 않았다.

석영이 그런 생각을 하고 있는 줄도 모르고 여인이 한 발자국 나서며 말했다.

"합은 처음이니 알아서 움직여 주세요."

"알겠습니다."

여인은 그리 말하더니 가속 물약 두 종류를 빠르게 들이켰다. 서로 다른 빛이 반짝이다 여인의 몸으로 흡수됐다.

이어 다시 짧게 '가속'이란 단어를 읊조리자 청량한 바람이 여인을 중심으로 몰아치기 시작했다. 석영은 놀랐다.

여인은 기사 전용 가속 스킬을 사용하고 있었다. 공격 속도에 영향을 끼치지는 않지만 이동속도를 올려주는 스킬.

도움이 안 되겠단 생각이 좀 수정됐다. 하지만 이건 석영이 완전 잘못 생각한 것이다.

파바박!

갑자기 지면을 박차고 나가는 여인. 아직 통성명도 안 한 여인은 정말 놀라운 속도로 부족장에게 쇄도했다.

"건방진……!"

우웅!

부족장이 낮게 인상을 찌푸리고는 도끼를 들었다가 내려 쳤다. 꿈틀거리는 근육에서 나오는 힘으로 인해 도끼는 정 말 벼락처럼 여인에게 떨어졌다. 맞으면 정수리부터 두 쪽으 로 갈라질 것이다.

하지만 여인은 대단했다.

파박!

급격히 방향을 틀어 도끼의 궤적에서 비껴 나갔다.

콰앙!

쩌저적!

후웅!

세 가지 소리가 지속적으로 터져 나왔다.

하지만 안 들렸을 뿐이지, 사실은 네 가지였다.

서걱!

부족장의 무릎 뒤쪽을 갈라 버린 여인의 글라디우스 소 리가 앞선 소리들에 묻혀 버린 것이다. 석영은 그걸 봤다.

"대단하네."

투웅!

픽!

석영도 감탄하며 놀고만 있진 않았다.

부족장이 고통에 고개를 번쩍 치켜들 때, 반대쪽 오금을 노리고 한 발 제대로 먹였다

석영은 다시 시위를 당기며 기회를 노렸다. 좀 전에 도움이 안 될 것 같단 생각은 완전히 사라졌다. 저 여인은 진짜였다.

완전 진짜가 나타난 것이다.

―감히……!

우웅!

공동이 울릴 정도로 분노를 토해내며 부족장이 도끼를 횡으로 휘둘렀다.

하지만 여인은 그걸 대담하게 놈의 다리 사이로 파고들어 통과하며 피했다.

서걱, 서걱!

그리고 그 과정에서도 종아리를 깊게 베어버렸다.

"와우!"

석영은 꿈도 못 꿀 공격 방식이다.

몸이 빨라졌다고 해도 저런 회피와 공격은 불가능했다. 애초에 이미 전투 스타일 자체가 은신, 저격으로 거의 굳어가고 있었다.

이어서 보여주는 여인의 몸놀림은 가히 환상 수준이었다.

쉴 틈도 주지 않고 부족장 주변을 초근접 거리에서 돌며 아예 난도질을 하고 있었다. 번쩍번쩍하는 글라디우스의 은빛 궤적에 부족장의 온몸에서 녹색 피가 솟구쳤다.

─크어어어!

우웅!

파스스!

부족장의 하울링에 공동이 떨었다.

"윽."

"크음."

석영과 여인의 입에서 동시에 신음이 흘러나왔다. 소리가 고막을 강타했는지 골 안이 울리는 것 같았다. 지끈거림보다는 시야가 흔들렸다.

쾅!

그 순간 부족장이 도끼를 내려쳤다.

하지만 여인은 이 상황에서도 아주 재빨리 물러났다.

다만 아슬아슬하게 피하는 건 무리였는지 상당히 거리를 주고 멀어졌다가 통통 뛰는 걸음으로 석영의 주변으로 다가왔다.

"제 칼은 베는 게 끝이네요. 더 이상 날이 파고들지를 못해요. 아까 보니까 제대로 박히던데 얼굴이나 심장을 노려요. 기회는 제가 만들게요."

너무 쉽게 하는 얘기에 석영은 잠깐 어이가 없었다.

하지만 이내 고개를 끄덕였다. 이 여인이 파티에 들어오자마자 상황이 완전히 변했다. '1+1=2'란 공식이 아니었다. '1+1=?'가 되어버렸다.

여인의 환상 같은 움직임에 석영은 자유로워졌고, 당연히 여유가 생겼다. 갑자기 부족장이 쉬워질 정도였다.

통통 뛰던 여인이 다시 '가속'이란 단어를 외쳤다. 가속의 지속 시간은 약 180초 정도. 3분 정도이니 가속은 틈틈이 시간 날 때마다 써줘야 하는 스킬이다.

―건방진……!

여인의 쇄도에 부족장은 이번엔 마주 달려 나왔다. 성큼성큼 달려 나와 점프.

―크워워!

귀가 윙윙거릴 정도의 괴성을 지르더니 도끼를 내려찍었다.

그 순간 석영도 움직였다. 여인이 기회를 만들어준다고 했으니 지금은 주변을 돌며 기다릴 때였다.

'한 번만 걸려라, 한 번만.'

석영의 눈빛에 차가운 한기가 스쳐갔다.

놈에게 당한 것, 한 번에 몰아서 다 갚아줄 때였다.

콰앙!

쩌저저적!

부족장은 보스이긴 하나 공격 패턴은 단조로운 편에 속했다. 내려찍기, 종이나 횡으로 베기 등이 거의 전부였다. 주먹도 쓰긴 하지만 그건 어깨가 당겨지는 모션 때문에 피하기 쉬웠다.

서걱!

내려찍기를 피한 여인은 다시 부족장의 옆으로 돌아가 있었다. 정말 재빠른 움직이다.

"인간처럼 생겼으면 신체 구조도 비슷하겠지."

서걱!

발목 뒤, 사람이라면 아킬레스건이 있는 부위를 글라디우스로 정확히 그었다. 강화를 기본 풀강까지 했는지 글라디우스는 부족장의 발목 힘줄을 제대로 잘랐다.

―크아!

"이번엔 오금 안쪽."

부족장의 비명과 동시에 여인의 나른한 음성이 들려왔다.

서걱!

"반대쪽 오금."

서걱!

"다시 아래 아킬레스건."

서걱!

여인의 움직임에 석영은 입을 떡 벌렸다.

대단하다는 말로는 저 움직임을 도저히 설명할 수 없을 것 같았다. 틈을 노려 저격을 준비해야 함에도 석영의 턱관절에 힘이 풀리는 건 전혀 이상한 일이 아니었다.

"이 정도까지 썰렸는데도 어디 움직일 수 있나 보자."

─크어! 감히……!

"감히?"

피식.

여인의 웃음에 누가 봐도 시니컬하다 싶을 미소가 깃들었다. 이어서 두 번의 칼질 소리가 다시 뒤따랐다.

서걱! 서걱!

품으로 파고든 여인이 글라디우스로 부족장의 손목 안쪽을 깊게 그은 것이다.

몸을 움직이는 것도 대단한데 강단도 대단하다. 저런 괴물의 품으로 뛰어든다. 이건 진짜 쉽게 할 수 있는 일이 아니었다.

─크아!

울분을 토해내는 걸까?

여인에게 완벽하게 썰리고 있는 고블린 부족장이 거친 함성을 토해냈다. 그 괴성에 멀리 떨어진 여인이 석영을 바라봤다. 그 눈빛에 담긴 의미는 이랬다.

뭐 하냐, 마무리 안 하고?

석영은 여인을 잡아먹을 듯이 노려보며 무릎으로 기고 있는 고블린 부족장의 오른쪽으로 이동했다. 그리고 시위를 당겼다.

"후우, 후우……."

심호흡을 하고 호흡을 가느다랗게 뱉는 석영. 몰려든 어둠이 화살이 되었다.

"더블 샷!"

보통 명칭은 안 외친다.

쪽팔리니까.

하지만 이번만큼은 외쳤다.

기념비적인 날이었으니 말이다.

퉁! 투웅!

둔중하게 울린 시위 소리.

퍽! 퍼걱!

무형 화살이 아주 제대로 부족장의 목과 관자놀이에 박혔다. 저항력과 방어력이 아예 끝까지 소모됐는지 화살은 그대로 목과 관자놀이를 관통하고 들어갔고, 이어 스르륵 흩어졌다.

부르르 떨던 부족장은 그대로 멈칫하더니 땅바닥에 고개를 처박았다.

"잡았나?"

그가 중얼거릴 때 시스템 메시지가 떴다.

축하드립니다. 글로츠 마을 숲 고블린 부족장의 소굴을 소탕하셨습니다. 동굴 끝으로 가서 보상을 확인하십시오. 최초 클리어 유저이시므로 고블린 부족장의 소굴은 정석영 님, 한지원 님의 지역이 되었으며, 앞으로 이 소굴을 이용하는 모든 유저의 클리어, 사냥 정산액 중 20%를 각각 나누어 보상으로 받을 수 있습니다.

사냥 성공을 알리는 메시지에 석영과 여인 한지원은 서로를 빤히 바라봤다. 우연으로 만났지만 이는 인연으로 닿았다 할 수 있었다.

전장의 저격수와 불패의 상징, 그리고 타천사, 혹은 악몽으로 불리는 두 사람의 만남이 성사됐다.

이로써 전설의 서막이 아무도 모르게 조용히 열렸다.

『전장의 저격수』 2권에 계속…

FUSION FANTASTIC STORY　류승현 장편소설

리턴마스터

2041년, 인류는 귀환자에 의해 멸망했다.

최후의 인류 저항군인 문주한.
그는 인류를 구하고 모든 것을 다시 되돌리기 위하여
회귀의 반지를 이용해 20년 전으로 돌아갔다. 하지만……

"어째서 다른 인간의 몸으로 돌아온 거지?"

그가 회귀한 곳은 20년 전의 자신도, 지구도 아니었다!

**다른 이의 몸으로 판타지 차원에
떨어져 버린 문주한.
그는 과연 인류를 구원할 수 있을 것인가!**

Book Publishing CHUNGEORAM

유행이 아닌 자유추구
WWW.chungeoram.com

FUSION FANTASTIC STORY

박선우 장편소설

스크린의 별

비호감을 불러일으킬 정도로 못생긴 외모를 가진 강우진.

우연히 유전자 성형 임상 실험자 모집 전단지를
발견한 그는 마지막 희망을 걸고
DNA를 조작하는 주사를 맞게 되는데······.

과거의 못생겼던 강우진은 잊어라!

세상에서 가장 아름다운 사나이.
그가 만들어가는 영화 같은 세상이 펼쳐진다!

Book Publishing CHUNGEORAM

유행이 아닌 자유추구 -
WWW.chungeoram.com

크레도 장편소설
FUSION FANTASTIC STORY
톱스타 이건우
열정만으로 성공하는 것은 아니다!
어중간한 실력으로 허송세월하던 이건우.
그의 앞에 닥친 갑작스러운 사고와 함께 떠오르는 기억.
'나는 죽었는데 살아 있어. 그건 전생? 도대체…….'
전생부터 현생까지 이어지는 인연들.
그리고 옥선체화신공(玉仙體化神功)…….
망나니처럼 살아온 이건우는 잊어라!
외모! 연기! 노래!
삼박자를 모두 갖춘 최고의 스타가 탄생한다!
Book Publishing CHUNGEORAM
유행이 아닌 자유추구 -
www.chungeoram.com

초대형 24시 만화방

신간 100%, 샤워실, 흡연실, 수면실(침대석), 커플석, 세탁기 완비

■ 광명 광명사거리역점 ■

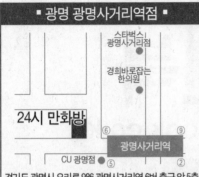

경기도 광명시 오리로 986 광명사거리역 6번 출구 앞 5층
02) 2625-9940 (솔목타워 5층)

■ 강북 노원역점 ■

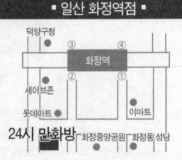

서울 노원구 상계동 340-6 노원역 1번 출구 앞 3층
02) 951-8324 (화용빌딩 3층)

■ 일산 정발산역점 ■

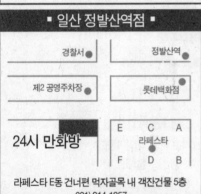

라페스타 E동 건너편 먹자골목 내 객잔건물 5층
031) 914-1957

■ 일산 화정역점 ■

경기도 고양시 덕양구 화정동 984번지 서일빌딩 7층
031) 979-4874 (서일사우나 건물 7층)

■ 부천 역곡역점 ■

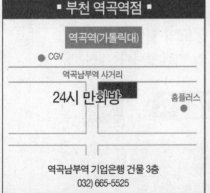

역곡남부역 기업은행 건물 3층
032) 665-5525

■ 부평역점 ■

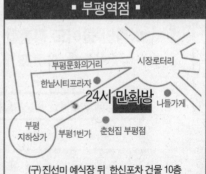

(구) 진선미 예식장 뒤 한신포차 건물 10층
032) 522-2871